JN058167

てらいん

神保光太郎

詩人の生涯

竹長吉正

①

②

③

＊口絵の解説は本文127～131ページ（「第十章　写真の解説」）にあります。

④

⑥

⑤

⑦

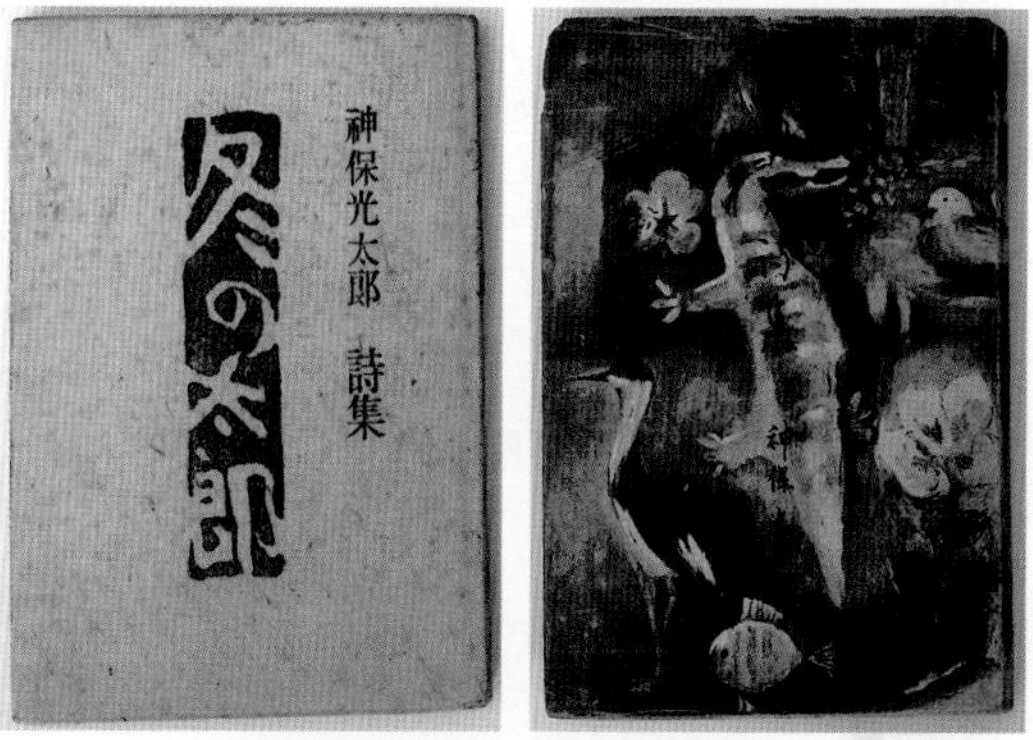

⑧

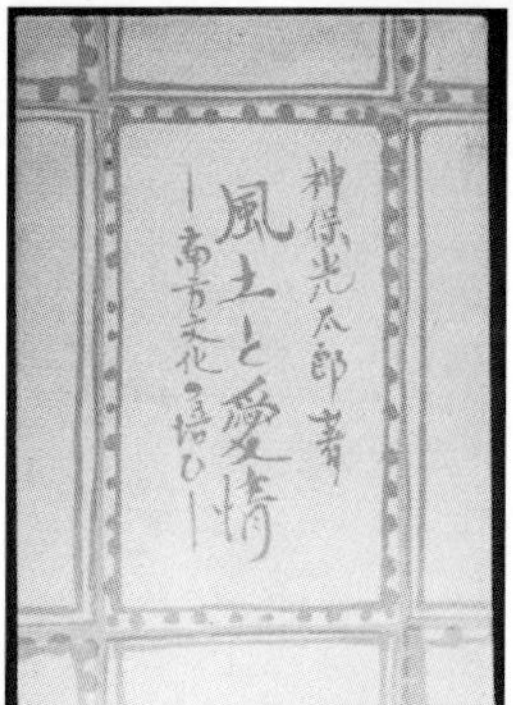

⑨

⑩

⑪

⑫

神保光太郎

——詩人の生涯——

目次

第一章　青春時代

――山形中学校・山形高等学校の生活――

1

神保光太郎の青春時代を語る珍しい文献がある。それはずいぶん昔のことである。一九八二年（昭和五十七）七月十六日、東京神田の古書会館で見つけたものである。古い雑誌を何冊も見ていたら、薄い五十ページに足らない物を何気なく手に取った。目次が巻頭に出ていない。不思議だと思った。表紙にも出ていない。変な雑誌だなあと思いながら、ぺらぺらと頁を繰っていくと、その頃興味を持っていた詩人神保光太郎の名を見つけた。しかし、この詩人が書いているのは詩でなかった。三段組みの小さい文字がびっしりと詰まった、実に読みにくい文章である。

どうして、この詩人がこんな文章を書いているのか、不思議でならなかった。四ページ足らずの短い随筆である。その後に書いているのは、神山裕一という人の「民主化など」という題の文章である。これは一ページと半分にすぎない。これは歌壇の民主化とか民主主義短歌とかいう当時の短歌界の話題を取り上げたエッセイであった。

ところで、神保光太郎がなぜこのような短歌雑誌に文章を書いたのだろうか、それが不思議でならなかった。

2

この雑誌『短歌研究』第三巻第六号は一九四六年（昭和二十一）七月一日の発行であり、七月八月の合併号であった。発行所は東京日本橋区本町の日本短歌社であり、営業部・編輯部は杉並区上荻窪となっている。編輯兼発行人は木村捨録である。

後ほど、木村捨録（きむら・すてろく）について調べてみた。木村は一八九七年（明治三十）の生まれで歌人である。福井市錦木町の生まれであり、中央大学商科を卒業し、橋田東声によって創刊された短歌雑誌『覇王樹《はおうじゅ》』の編輯を担当した。一九五〇年（昭和二十五）七月に短歌雑誌『林間』を創刊し編輯する。一九五一年（昭和二十六）に歌集『壮年的』『有機』の二冊を刊行。

ところで、木村は実業家であった。大学卒業後、東山商会を設立し、染料の輸入業を営んだ。のち、新興化学合名会社の社長となった。その実業家の傍ら、短歌に携わった。

わたくしが見た『短歌研究』第三巻第六号（一九四六年七月八月合併号）は戦後間もなくの発行であり、印刷状況が順調でなかったのだろうと推測する。

なお、『短歌研究』という雑誌はもともと、改造社の発行であった。しかし、一九四四年（昭和十九）、改造社が弾圧により解散となり、『短歌研究』を譲り受けて日本短歌社の発行となった。この譲り受けの立役者となったのが木村捨録である。当時、改造社発行の『短歌研究』（一九三二年創刊）はやや高度な専門雑誌であり、研究的な色彩が強かった。それを研究的と実作的とのバランスをとって編輯したのが木村捨録である。それから、もう一つ、『日本短歌』（一九三二年創刊）という雑誌がある。これは初めから日本短歌社の発行で、かなり長い歴史を持つ。『短歌研究』と比べると実作的要素が強い。そして、初学の人、新人育成という点に特色がある。木村捨録はもともと、『日本短歌』の人だった。

ところで、『短歌研究』第三巻第六号の巻頭は、窪田空穂の評論「短歌本質論——俊成の歌学とその現代的示唆——」であり、その後、斎藤茂吉、岡野直七郎、村野次郎、片山広子、坪野哲久、生方たつゑ、近藤芳美、西村陽吉、水町京子、萬造寺斉、生田蝶介、森山汀川、佐佐木信綱などの短歌が載っている。そして、阿部六郎の評論「実朝覚書」、佐山済の評論「短歌文学の批判」が続く。

この後に、神保光太郎の随筆「その前夜」と、神山裕一の「民主化など」が入る。

そして、久松潜一の研究論考「明治初期に於ける和歌改良論（上）」と、前田夕暮、木俣修、渡辺順三らによる「歌壇作品合評」が入って終わる。

盛り沢山な中身であるが、ギュギュっと詰めてあるので、四十八ページで終っている。当時の短歌雑誌や、俳句雑誌はこのような編輯であったのだろう。この雑誌『短歌研究』だけが薄いということではなかっただろう。それにしても、木村捨録はこの雑誌『短歌研究』を初学の人を読者対象とするだけでなく、研究的な色彩も加えてより多くの読者に読んでもらえるようにと編輯した。そこが編輯人としての木村の能力である。

3

神保光太郎の随筆「その前夜」の書き出しは次のとおり。

今朝の新聞に、葉山嘉樹《はやまよしき》の死を報じていた。今、私は「高校時代の思い出」を書くように依頼されて、筆を起こそうとしながら、この作家の小説を初めて読んだ時のことを思い出した。（＊以下、旧漢字旧仮名遣いの表記は現代表記に改めた。）

いきなり、葉山嘉樹の名が出てきたので驚いた。葉山芳樹はプロレタリア文学の作家で「セメント樽の中の手紙」という作品でなじみがあった。

葉山嘉樹は「淫売婦」『海に生くる人々』等で知られている。一八九四年（明治二十七）、福岡県に生まれ、一九四五年（昭和二十）十月二十八日、敗戦により満州から帰国の途中、列車の中で病死した。そのニュースを神保は新聞を見て知ったのである。神保は一九〇五年（明治三十八）、山形県の生まれであるから、葉山より十一年下である。同じ時代を生きた先達として、感慨が深かったと判断することができる。

前掲の文章「その前夜」で以下、神保は自身の生い立ちを振り返る。

私の生まれたところは東北の山形市である。山形といえば、その名の示すがごとく、山の多い地方である。東北本線を福島で奥羽本線に乗り換え、あの紆余曲折の板谷のトンネルを過ぎて山形県へ入っていくのであるが、板谷のあたりの深山幽谷の風景から推《お》して、初めてこの地方を旅する人は、はたして、汽車はどんな山間に入っていくのかと一種の不安を覚える。

しかし、やがて、なだらかな勾配を経て、米沢や山形の盆地地帯に入って、ほっと安堵する。山形は古い城下町で、しっとりと清潔な感じを帯びたところである。私はここに生を享《う》けて、それから約二十年、高等学校を終えるまで過ごした。


神保光太郎は一九〇五年（明治三十八）十一月二十九日、山形市の七日町に生まれた。父の名は惣吉、母の名は仲であり、光太郎は次男である。父は七日町で呉服屋を営む商人。母は武家出身の娘で、子どもには厳しいしつけをした。しかし、母は深い愛情で子どもを包むことを忘れなかった。幼い光太郎は母に思う存分、甘えた。そして、町の人々から「小町娘」と呼ばれた母親を誇りにして大きくなった。

光太郎が四歳の時、父の商売が破産した。父は再起を計って単身、北海道に渡った。それからしばらく、母と子どもの寂しい生活が続いた。

八歳の時、山形市内の第三小学校に入学。一年下に真壁仁がいた。十三歳の時、山形市立第三高等小学校に入学。ここで卒業まで、首席を通した。

一九二〇年（大正九）、県立山形中学校（後、山形東高校）に入学。四年に阿部六郎（阿部次郎の弟）がいた。学芸大会（今の弁論大会）で「大西郷」「血に震《ふる》ふ革命の魂」等と題して熱弁をふるった。香川豊彦の小説を読み、反戦思想に感動した。近眼のため眼鏡をかける。山形中学校の校内雑誌に「生存競争」と題する随想を載せる。

一九二三年（大正十二）九月、関東大震災起る。十一月、山形高校主催の県下中等学校弁論大会で「獅子の嘯音《しょうおん》を聞きて」と題して話す。第二等に入賞した。

一九二四年（大正十三）三月、山形中学校を四年次で修了。なお、この時、山形中学校の校内雑誌に論説「大老井伊論」論説「獅子の嘯音《しょうおん》を聞きて」と和歌四首を発表する。

同年四月、山形高等学校文科乙類に入学。同校で亀井勝一郎、阪本越郎、高山岩男らと知り合い、同人雑誌『橇音《そりおと》』を出す。

山形中学校の校内雑誌は誌名を『共同会雑誌』という。その第五十二号（一九二〇年十二月）に前述したように随想「生存競争」が載り、第五十五号（一九二四年二月）に論説「大老井伊論」論説「獅子の嘯音《しょうおん》を聞きて」と和歌四首（＊和歌は古典の用語であり、近代は短歌という。しかし、ここは原文のまま。）が載った。

その和歌四首を次に示す。

我が胸の高鳴りきゝつ唯一人足ふみつけぬ此の頂に
山頂に陽を拝みつゝ立てる我大空の子か太陽の子か

山峡の村寂しかり廃道に沿ひて並べるわらぶきの家
上りては又下れる里の道ばたの石垣の上に月見草さく

これらは神保が山形中学校四年の時の作品である。おおらかで、のびのびとした作風である。

それに山形の風物が偲ばれる。

また、神保は山形高等学校に入学してから、その校友会の雑誌に短歌を発表している。

山恋しあの山越えて白壁の君が山荘なつかしきかな
薪を割る音のかすかに響ききて君が山荘夜は明けにけり
白霧の吾がいのちよたばしりて霰と降れよ君が黒髪の上　（以上、大正十四年・秋）
さびしさよこのさびしさよ神愛《め》でて我に賜ひしこのさびしさよ
友みなに心の底ゆ訣別を告げたき日なりさびしさに燃ゆ
人みなに反逆の血の湧き立つ日独り静かに山にわけ入る
山に風あり全山の木々震へる真中《まなか》を上り行く男《を》の児《こ》一人
風駈《か》けよ大空駈けよ山駈けよさびしさに燃ゆこの心駈けよ　（以上、大正十五年・七月）
泣かまほしう逃《のが》れ来《きた》りし旅の子にいざ頬ずりを懐《なつ》かしの児等《こら》

ひねもすを砂に腹這《はらば》ひ海に入り疲るゝ身には何事もなし
かにかくに大きかりけりすこやかに今日も波打つ轟《とどろ》きの海
（以上、大正十五年・夏、由良にて）
小鳥一羽翼ぬるゝをかこつ日なり侘《わ》びしさの雨止《や》まず
我もまた人の児なりし反逆の血の豊かにたぎる人の児なり（以上、大正十五年・十一月）

これらは大正十四年（一九二五）秋から大正十五年（一九二六）十一月までの作品であり、『校友会雑誌』第十三号（一九二七年・昭和二年一月）に載っている。山形高等学校二年から三年の作である。題は「反逆の血」であり、全十三首。

山形高等学校時代の神保は、このようであった。以下、わたくしが神保から聞いたことをもとに記す。

高等学校時代、よく読んだのはゲーテ、トルストイ、ロマン＝ロランなどである。ゲーテはドイツ語原書で読み、他は翻訳で読んだ。また、与謝野晶子の歌に強い影響を受け、自らの思いを歌にした。

ドイツ語教師岡本信二郎の強い感化を受けた。なお、教師岡本のことは後日、詩集『南方詩集』（明治美術研究所　一九四四年三月）所収の詩「思念の炎」でその面影を描いた（注1）。

高等学校二年の冬（一月三十一日）、剣道の試合があり、部員として大活躍した。
昭和二年（一九二七）三月、山形高等学校を卒業し、四月、京都帝国大学文学部独逸文学科に入学する。はじめ、東大法科に入ろうとしたが、自分の資質が法曹界や政治家に向かないと判断し、文科を選んだ。河上肇や西田幾多郎が健在だった京都に憧れを抱いた。また、山形中学校の先輩阿部六郎の影響を受け、独逸文学科を選んだ。
以上が、神保光太郎の青春時代の概観である。

4

さて、県立山形中学校を卒業した神保光太郎は大正十三年（一九二四）四月、山形高等学校文科乙類に入学した。その学生時代のことを次のように記している。

この学校は山形市の東南の高台にあり、最も景勝の地を占めていた。東には樹氷や、斎藤茂吉先生や結城哀草果《あいそうか》さんの歌などで全国的になった蔵王の連山がつらなり、東北方には「奥の細道」で名高い月山《がっさん》、東南方には東北アルプスの称ある朝日連峰が美しく光っていた。それに学校のあたりは一面の桑畑と、リンゴやサクランボの実る果樹園であった。私がこの学校に憧れを抱いたのは、単にそれが大学へ通ずる最初の門であったからばかりではない。私の幼少年時代の最大の母でもあり、教師でもある懐《なつ》かしい山々を一望に収めることのできる校舎に、一種の神秘めいた憧憬を覚えていたためであると思う。古い城下町で、封建と因襲の空気も濃く、文化の風の訪《おとず》れも乏しかったこの山峡の町で、私の心の慰めとなったものは、何といっても、あの山々の眺めであり、近郊の山を歩くことであった。

この文章に続けて神保は、詩人になることなど考えてもいなかったと綴る。

当時私は後年、詩人になるなどとは思ってもみなかった。しかし、今その思ってもみなかった詩人として、一応世に通ることとなったが、「文学者」などという職業があることすら想像できないようなこの山間の都市に育った私を、しかも、文学者の中でも、最も非世間的に思われる詩人にしたものは、ふるさとの山々ではなかったのかと思う。それに、山は当時の私にとって、救いの窓でもあった。親類縁者などの注目の下に、母の手一つの清らかではあるが単純な毎日を、いわゆる「秀才児童」の少年期を送った私は、青年期に入るにつれて、こうした周囲の空気に堪らない圧迫を覚えた。それはいわば、私の精神転換の危機でもあったろう。そして、この危機を私は山に入り、山を眺めることによって、くぐり抜けたと思う。

そして、高等学校二年の時、皇室の人が学校へやって来た。その時の様子を神保は次のように記す。

現在の天皇陛下が（注記、昭和天皇が）摂政の宮として学校に台覧《たいらん》あらせられた。学校は大変な騒ぎであった。教室の授業を見まわれ、教練に対する御閲兵があった。教室の授業はあらかじめ芝居の演出のように仕組まれ、教授の話はもちろん、これに対する生徒の質問、質問する生徒、こうしたものはあらかじめ綿密に定められていた。また、教練も生徒の中から、いわゆる兵隊型のものが選び出されて、毎日、特別の訓練を受けた。残りの生徒は当日、御野立所《おのだちしょ》よりはるか遠方に並んで、選ばれた部隊の光栄の進軍を観望した。この観望部隊を誰が言い出したか、廃兵と名付けた。私もその廃兵の一人であった。しかし、思うに、陛下のご巡幸はどこの場合も、これと大同小異であったろう。そして、ここにも今日の日本の悲劇の原因の一つを探ることができるであろう。

ここに書かれているのは大正末期の日本のどこにでも見られた風景である。それから、神保が文科乙類に入って学んだことをこう記している。

私のクラスは文科乙類であった。私がこのクラスを志望したのは、中学の時、翻訳で読んだゲーテの作品に感動して、それを原文で読んでみたいという子どもらしい願いからであった。それで、どうにか独逸語が読めるようになった時、教室に出ることをやめては、よく図書館にこもって、「若きウェルテルの悩み」とか「ヘルマンとドロテーア」とかゲーテの代表作を辞書を引き引き読んでいった。そうした折、疲れた眼を窓外にやると、そこには昔ながらのふるさとの山々があった。こうした日、私は教室には出なかったが、幸福感にあふれて、家《うち》へ帰ってきた。

当時、神保が読んだ文学書は他に、トルストイ、ドストエフスキー、チェーホフなどロシアの作家のものが多かった。「北国の憂鬱」を知っているような気がしたからだと神保は書いている。また、当時の日本にはマルキシズムの嵐が吹いた。神保が葉山嘉樹の小説を初めて読んだのもその頃であった。

その頃のことを神保は次のように記している。

> 私が葉山嘉樹の小説を初めて読んで感動したのも、当時のこうした青年の一例となろう。船員生活を描いたその処女小説から、私たちはこれまでの日本文学に見られない新鮮な印象を受け、新しい日本文学の夜明けが来たようにも思った。しかし、私のこの希望も、その後のプロレタリア文学の成果を見て、期待に外れたものとはなったが、文学に限らず、当時ようやく青年の心を強くとらえはじめたものが、この夜明けの希望であり、マルキシズム世界観の旗であった。

神保は自身の高校生活の後半期（一九二二年）から大学四年を終えて満州事変勃発の昭和六年（一九三一）までの約十年を振り返って、自分の「青春期」を「最も強く吹きすさんでいた」のはマルキシズムの嵐であったと記している。

5

神保光太郎の随筆「その前夜」の末尾は、次の話で締め括られている。それは大正十五年（一九二六）十二月二十五日の夜のことである。神保は山形高等学校の三年生であった。まず、文章を見てみよう。それは次のとおり。

その夜、弊衣破帽《へいいはぼう》の二人の高校生が、山形の町のある裏小路の蕎麦屋の二階に上がって、蕎麦をすすりながら、談論を闘わしていた。

一人は今は亡き私の友人であり、他の一人は私であった。二人の青年の胸には、何かしら感傷めいたものがこみ上げていた。

外はみぞれが降りしきっていた。

私は懐から小さな手帖を出して、昨夜作ったという三十一文字の数首を示した。短歌は当時の私にとって唯一の文学表現の方法であった。

この歌を中心にして二人の話は再び、にぎわって行った。すると、その遠くから鈴の音が流れてきた。そして、その響きはしだいに近づき、「号外、号外！」という声も聞こえてきた。

私たちは立って窓を開いた。外はもうすっかり、白く変っていた。鈴の音の人影は一枚の号外を投じて、みぞれの中に消えていった。

「何かあったのかな。」

と友人は言った。やがて階段を上る足音がして、この三ヶ年、すっかり親しくなっている店のおばさんが上がってきた。

「天皇様が亡くなったのす。」

語尾にすを付けるのは、この地方の敬語である。

「ああ、そうか。」

三人は思わず、顔を見合わせた。

友人も私も黙っていた。おばさんも黙って降りて行った。私たちは再び窓辺に寄り、外を眺めた。みぞれは、なおもやまなかった。我が山々もこの吹雪を浴びて眠っていることであろう。

「大正も終わりだね。新しい時代が来たのだね。」

と友人は口をきった。

「うん。」

と私は答えたが、胸はこみ上げてきた。感情でいっぱいであった。過ぎ去った三ヶ年の思い出、そして年が明けると、山を越えて新しい未来へ出発する日が来るのだ。そして、その未来の彼方に何があるのだろう。私の胸は不安と期待とで胸がふるえていた。

これは大正天皇が崩御した日の思い出である。それにしても、神保はこの友人をなくしてしまったのである。新しい時代が来るという「不安と期待」はわかるとしても、この友人はいったい、何でなくなったのだろう。病気か、それとも戦死か、不明である。ところで、神保はこの文章の少し前で、次のように書いている。

今、私は次々と私から訣別していったそれらの友人たちの姿を思い起こす。その多くは中途にして倒れた。獄死、病死、転向、消息不明。支那事変、太平洋戦争は、数知れない青春の生命をあたら大陸の涯《はて》に南海のさ中《なか》に投じた。しかし、その戦争の前夜、既にかくも多くの優秀なる青年を血の祭壇に捧げていたことを忘れてはならぬ。

ここを読んだ時、わたくしは神保のあの友人はこのような「血の祭壇」に祀られた一人なのだと察した。神保も戦時下、陸軍報道班員として昭南《シンガポール》に赴任するが、無事に帰還することができた。

6

神保光太郎の随筆「その前夜」を読んで、わたくしは彼の青春時代に興味と関心を抱いた。それはわたくしの全く知らない時代の出来事である。当時わたくしは戦争文学に関心を持っていた。戦争と文学との関わり、それをまず日本近代の戦争と文学との関わりについて調べてみることにした。明治期、大正期、昭和前期（太平洋戦争勃発期まで）を調べて本にまとめた。それが『日本近代戦争文学史』（笠間書院　一九七六年八月）である。サブタイトルが「透谷・漱石・花袋・伝治を中心に」となっている。透谷は北村透谷（一八六八〜一八九四）、漱石は夏目漱石（一八六七〜一九一六）、花袋は田山花袋（一八七一〜一九三〇）、伝治は黒島伝治（一八九八〜一九四三）である。

このような研究と考察の続きとして、昭和後期すなわち太平洋戦争勃発以後の文学者（小説家・詩人・歌人など）の生き方とその作品を考察してみようと構想したのである。しかし、資料を集め出したら膨大なものになった。また、教育者としての仕事が多くなり、人との出会いや講演・講義が多くなり、じっくり構想を練ったり執筆をする時間が無くなった。そのような次第で、文学研究から遠のいた。つまり、閉店ではないが、長い休業中となったのである。

しかし、定年を迎え、時間に余裕ができた。そこで再び、以前の仕事を始めようと思った。

そして、まず着手したのが、若年期のわたくしを詩の世界に導いてくださった神保光太郎の生涯と作品を辿ることであった。どこまで辿りつけるか不安であるが、ともかくやってみることにした。

注

（1）ドイツ語教師岡本信二郎のことを描いた詩「思念の炎」は、神保光太郎の詩集『南方詩集』（明治美術研究所　一九四四年三月）に所収されている。それを次に掲げる。

思念の炎――迦山人岡本信二郎先生を悼む――

かのひとの　教へ給ひし　独逸言魂《ことだま》　ガイシュトよ　レーベンよと　うたてのひびき　われ　いとけなき　喉頭《のど》を　しぼりぬ
さくらんぼ　熟《う》るる町なり　ゆえわかぬ　迷霧の夜よ　かのひとの　われに与へし　一冊の書《ふみ》　フリードリヒ・ニーチェとぞ　いひし
北の空　六月の雨　寂《さ》びしらの　影を　曳きつつ　歩みわづらふ　かのうしろ姿よ　その想《おも》ひ　はてなく深く　われら　ただ　おののき　みつめぬ
かのひとよ　思念の炎《ほのお》　今もなほ　わが胸《むな》うちに　火焔樹のもと　昨日《きそ》の日のごと　燃えて　盡《つ》き

ざり

反歌

故国《ふるくに》の空ゆ　哀しみおとなひぬ　ひかり眼《め》にしむ　朝餉《あさがれひ》かな

岡本信二郎は旧制山形高校のドイツ語教師であり、自ら短歌や俳句を作ったそうである。出久根達郎の著書『七つの顔の漱石』（晶文社　二〇一三年）によると、岡本は東京帝大で半年間、夏目漱石の講義を聞いたという。そして、十二月九日の漱石忌には一人で線香を立て、たむけの句や歌を作り故人をしのんだそうだ。

また、河上徹太郎ほか著『文学碑めぐり』（彌生書房　一九六〇年二月）所収の「斎藤茂吉」（佐藤佐太郎）によると、一九三四年（昭和九）に、山形県蔵王《ざおう》山の頂に茂吉の歌碑が立った。しかし、その歌碑を茂吉はしばらく見ることがなかった。一九三五年（昭和十）の夏、佐藤佐太郎は歌人仲間の山口茂吉と共に、「先生の代理のようなかたちで」蔵王山に登り、歌碑を見ることができた。歌碑には次の歌が刻まれていた。

陸奥《みちのく》をふたわけざまに聳《そび》えたまふ蔵王の山の雲の中に立つ

この歌は歌碑のために作られたものである。佐藤はこの歌について、「雲の中に立つ」は先生自身でもあり歌碑でもあるというような「一種混沌《こんとん》としたいぶきをたたえている」と述べている。

なお、この歌碑を見るために斎藤茂吉自身が蔵王山に登ったのは一九三九年（昭和十四）の夏であった。茂吉の実弟高橋四郎兵衛《しろべえ》（上ノ山《かみのやま》温泉の旅館山城屋《やましろや》主人）の案内で、河野与一夫妻、結城哀草果、そして、岡本信二郎などが登った。すなわち、この歌碑を見るために山形高校のドイツ語教師岡本信二郎も同行したのである。このことから、岡本信二郎が単なるドイツ語教師のみならず、文学好きであったことが了解できる。

そして、神保のこの詩「思念の炎」を読むと、岡本が斎藤茂吉らと共に蔵王山に登った一九三九年から間もない頃であったと判断することができる。神保光太郎にとって岡本信二郎は忘れられない、得難い教師であった。

第二章　詩人としての初期

——雑誌『詩と散文』『磁場』『麵麭』——

1　ふくらみのある神保光太郎像

神保光太郎の詩の世界は多様である。しかし、ここではその詩風の特質を把握する上で、彼の詩作の初期（昭和五年から八年にかけての期間）、つまり、彼が雑誌『日本浪曼派』とかかわってロマン派詩人として本格的に活躍する以前の期間に定めることにした。

昭和初期（元年から十年頃まで）は政治的経済的社会的に「疾風怒濤」（Sturm und Drang）の激動期であり、神保はその中に生きていて身も心ももみくちゃにされた。それと同時に神保の詩想が見事に開花したのは、この昭和初期以後の昭和十年代である。

昭和十年代の神保の詩風を探ることは甚だ興味深いテーマである。しかし、昭和十年代の開花した神保の詩風より、それ以前の混沌とした蕾時《つぼみとき》の神保の詩に限りない愛着を覚える。神保を論じようとする研究者や評論家は『四季』や『日本浪曼派』の中で活躍した神保の姿を大きく見てしまう。わたくしはそのことを否定するわけではない。しかし、そのことだけに目が向いていると、神保詩の重要なものを見落としてしまうと判断した。神保詩の世界は多面的であり、ふくらみを持っている。それ故、昭和十年以前の混沌とした状態の神保詩の世界を探ってみたい。

2　強靭な意志

昭和五年（一九三〇）三月、京都帝国大学文学部独逸文学科を卒業した神保は、主任教授の勧める教職に就かず、五月、東京に出た。折から不況の嵐が吹きまくり東京は失業者の群れが列をなしていた。その時彼は家庭教師や、小学校の代用教員を勤めた。また、ドイツ語の翻訳の仕事で生活の資を得た。

その一方、同人雑誌の『詩と散文』に参加した。この雑誌は京都帝国大学時代の友人井上良雄が編集人だった。この『詩と散文』に神保は詩「秋」「丘で」「冬」「老人」「手紙」等を発表した。

その中の一篇「手紙」（『詩と散文』昭和六年六月、後に詩集『陳述』所収）は次のとおり。

手紙

いつやってくる手紙にもどなっていた。
それはこはれた罐をつぶてでたたいたやうだった。
すすけたわらばんしに、まるたんぼうのやうな字をつらねてゐた。
牛のやうにほえるんだが、牛のやうにのろまなぐちだった。
それは汗くさく、泥くさくて、ぼくをいつもいらだたせた。
けれどもやめなかった。
ますますおほごゑになり、ますますたくさんおくってきた。
をかしな子供じみたおこりんばうのはうこく（＊報告）だった。
しつこくうんざりするほどのくりかへしだった。
おんなじことをおんなじてうし（＊調子）でたんねんにいってよこした。
――カヒコカッタガ　ケッキョクムダダ
――トナリノムスメハ　ウラレテイッタ

――イツマデイモヲクッテヰネバナラヌカ
そして今もやめない。

これは郷里の友人から届いた手紙を素材にしている（注1）。東京で暮らしている「ぼく」と郷里の山形で暮らしている友人、この二人の間には、生活環境の違いから深い溝が出来てしまった。そして、土着的な土臭いものから脱け出して、都会的で洗練されたものに融け込もうとする「ぼく」の心が読み取れる。

夏目漱石の小説『三四郎』を思い浮かべる。東京にいる主人公小川三四郎が郷里熊本の母から届いた手紙に接すると、彼はその中身にうとましさを感じる。それと同じようにこの詩の「ぼく」も郷里山形からの手紙に接すると、いらだち、うとましさを感じる。「それは汗くさく、泥くさくて、ぼくをいつもいらだたせた。」とある。この中で特に、「汗くさく、泥くさくて」という箇所に地方の土着性を見るとともに、それを嫌悪する「ぼく」はもはや田舎人でなく都会人になった。残念な形象である。

しかし、そのような都会人になった「ぼく」を責めるだけではこの詩の価値は判断できない。「牛のやうにのろまなぐち」「子供じみたおこりんばうのはうこく」、地方からの報告を「ぼく」はこのように受けとめている。そして、この手紙の内容は、「カヒコカッタガ　ケッキョクムダダ」（養蚕に失敗したこと）、「トナリノムスメハ　ウラレテイッタ」（隣家の娘が売られていったこと）、「イツマデイモヲクッテキネバナラヌカ」（いつまでも食料は芋ばかりであること）等、地方農家の生活困窮が具体的に語られている。

昭和四年（一九二九）七月から始まった金解禁恐慌。また、同年十月、アメリカのニューヨークの街路ウォール街（Wall Street）取引所から世界に広がった大恐慌。昭和五年（一九三〇）十月には生糸の価格、米の価格が大暴落した。このような経済パニックのあおりを受けて、地方の農家は困窮した。そのような世相の断面図が、この詩では表現されている。

しかし、問題であるのは、そのような世相や農家の現実に対する「ぼく」の態度である。彼は超然としているのではない。だが、プロレタリア作家のような態度をとらない。この詩「手紙」にあるのは、「いらだち」「うんざり」「どなる」という反応のみである。それは手紙の受け手である「ぼく」の反応である。手紙の書き手が伝えてくる情報に対する反応である。それは消極的な反応だと見ることもできるが、そのような形で彼は時代の「疾風怒濤」に精一杯立ち向かっていたのである。したがって、彼がいらだったり、うんざりしたり、どなったりしていたのは、汗くさく泥くさい地方からの手紙に対してではなく、当時の暗い時代に対しての怒り、不満であったと見るのが正当な読み方であると言える。

つまり、彼からすれば、自分も都会で精一杯、時代の現実と戦っているのだから、地方にいる君も弱音を吐かずに頑張れと言いたかった。

弱音を吐くな、愚痴を言うなというのは、ニイチェの思想につながる。

ニイチェは他人に同情するのを極度に嫌った。それは彼独特の表現であり、ヒューマニズムの裏返しになったものである。巷にあふれている見せかけだけの安易なヒューマニズムと本物のヒューマニズムとを峻別するため、敢えてそのような挙動に出た。

詩「手紙」の「ぼく」は手紙をよこした郷里の友人に対して、甘っちょろい同情を寄せない。むしろ、冷ややかに突き放している。そのような形で、安易なヒューマニズムを擯斥《ひんせき》している。この場合、本物のヒューマニズムは、現実の過酷さにへこたれない自分自身の強靭な意志を示すことによって友人を叱咤激励することである。詩の最終行の「そして今もやめない。」には、友人の「おこりんばうのはうこく」が止《や》まないということの他に、「ぼく」自身の強靭な「生きる」意志の持続という意味が込められている。

3　文学を捉える眼

雑誌『詩と散文』は昭和六年（一九三一）六月号で終刊となり、北川冬彦らの詩誌『時間』

と合流し『磁場』となった。『磁場』は昭和六年（一九三一）九月、創刊号を出す。合流したいきさつについて、特別な理由はない。少人数で雑誌をやるよりは大人数で一緒にやろうという共通理解で合流したのだという（注2）。

神保は『磁場』に詩「河」「岩」「ぼろくづ」等を発表した。中でも「ぼろくづ」（『磁場』昭和七年一月、後に詩集『陳述』所収）は「すぐれた反戦詩として注目に価《あたい》する」（注3）と高く評価されている。

詩「ぼろくづ」は次のとおり。

捨てられたぼろくづのやうに積みこまれて行くいのち。

ぼろくづの山なす列車にむかって旗をふる子供
窓による泣きはらした母
のどをうるほす濁った麦茶
ぼろくづは暗い顔で寄りかたまる
西へ、西へ
冬は既に大陸の陽《ひ》をのんで寒い。

全線をゆくぼろくづの隊列
泥の中にうづくまり、鉄橋に槌を振る
いま、氷点下をよぶ河の中に濡れそぼれたぼろくづ
ぼろくづは風に追はれて北進する
圧《お》しひしぐ重たい背嚢《はいなう》
きらめく銃剣とは比ぶべくもないからだ、からだ。

これは詩「ぼろくづ」全五連三十六行のうち、最初の三連十三行である。

ところで、この詩は反戦詩なのだろうか。一見したところ、反戦詩のように受け取れなくはないが、よく読んでみるとそうだと断定できない。というのは、「ぼろくづ」という言葉の比喩的な使用を検討すると、それが明らかになる。

兵士の一団が「ぼろくづ」（＊ぼろ屑）のように扱われていることへの詩人の怒りがあるかもしれない。

戦争に関する詩歌で思い起こすのは、与謝野晶子の詩「君死に給ふこと勿《なか》れ」である。晶子のこの詩は、反戦非戦というより厭戦的要素を含んだ肉親愛の詩と見ることができる。当時の

平民社の反戦非戦の立場と異なっている。したがって、神保の詩「ぼろくづ」は反戦詩というよりも、ヒューマニズムの詩と言った方が妥当である。ここでいうヒューマニズムの詩とは人間的なるものを主軸として創造された詩ということである。

神保の全詩の中で前掲の詩「手紙」「ぼろくづ」はリアリズムの色彩が濃くて他の作品と比べると異質である。そして、異質なものは、それなりに存在価値を有している。

この二つの作品は、神保が自己の眼と心を内部世界のみに向けていたのでなく、外部世界に広く向けていたことを証明する。仮に神保がこの時期に眼と心を内部世界のみに向けていたとしたら、彼はその後の昭和十年代に詩想を豊かに開花させることなく終焉したであろう。神保は外部世界の現実に自己の眼と心をしっかりと向けていた。わたくしは彼のこのような面を高く評価する。

4　思索詩の実践

文学を捉える眼の広がりという観点から「手紙」「ぼろくづ」を評価することができるが、これらの詩に神保詩の本質的なものがあるのだろうか。その答えは、否である。

そこで彼の詩の本質的なものを探究して浮かんでくるのは次の詩である。

岩はしゃべらない
岩は只、いきをこらしてゐる
山の頂、むっくり這《は》ひつくばった岩
風がしぶく
雑草《あらくさ》が岩の面を叩《たた》く
霧がおりる
岩がびしょ濡《ぬ》れとなる
だが岩はみがまへる
ぢっと、耳をひそめてあちらを視《み》る
谷に逸《はや》る雨脚《あまあし》、空にはおもたい雲
岩の心
(岩の心熱は燃えてくる。岩のいきづかひは荒くなる。岩はうめきはじめる。岩が舌を吐く。岩がうごき出す。)
うごき出した岩

岩は霧を斬る
――やがて風はあらしとなる――
礫《つぶて》、礫、岩を衝《つ》く礫
岩は蹴《け》られる
（黙ってゐる）
岩はののしられる
（平然としてゐる）
――一頻《ひとしき》り轟《とどろ》きわたる山鳴《やまな》り
岩は泥まみれになる
岩はくだかれる
全身傷だらけになった岩、岩
岩は遂にたふれる

しかし、その時、岩は再び起《た》ち直っていた

これは詩「岩」（『磁場』昭和六年十一月、後に詩集『陳述』所収）である。この詩は思索詩（ゲダンケン・リリーク）の伝統ということを読者に考えさせる。この詩は単なるリアリズム詩ではない。岩は擬人法で使用されている。そして、この詩には作者の思想の襞《ひだ》が濃密に織り込まれている。なお、思索詩は思想詩とも訳されている。概念は同じである。

ところで、日本では古来、詩というのは思想・思索をあまり盛り込むべきでないとされてきた。思想・思索より、調べ（韻律）や情感を重視してきた。したがって、日本近代詩の中で思索詩というものが育たなかった。このことに関連して赤塚行雄は論稿「与謝野鉄幹新論――日本近代詩発足の溶鉱炉」（『季刊　審美』第五号　一九六七年二月）の中で次のように述べている。

ただ、問題なのは、日本の近代詩が、西欧詩を移入し模倣しながらも、西欧詩のひとつの到成点――ハイデッガーが取り上げているジレジウスの詩のような、ああした世界――をうつし得なかったことである。上田敏の『海潮音』は、名訳のほまれ今なお高いけれども、どの詩も一様に歌謡風に軽くなってしまっているのではないか。私たちにとっては、詩の世界と哲学の世界は、あまりにも遠く互いに離れすぎているから、ヨーロッパ文芸理論の重要テーマである詩と哲学の結びつき、詩と哲学の境、詩の限界と哲学の限界といった問題は少しも私たちにとって悲しいことであり、（以下省略）

長い文章なので途中で省略したが、赤塚行雄の言いたいことは、日本近代詩の歴史の中で哲学、思想の問題が軽視されてきたことである。

ところで、この点に関してドイツ文学と詩のことを深く研究してきた片山敏彦は、次のように述べている。

ドイツの詩や小説の中には、哲学書に劣らず深い思想が、哲学とはまた違った形で形象的・感覚的に生きている場合が多い。ドイツ語自体が形象的なもの、思想的なもの、そして韻律的なものを同時的に活かすのに適合しているし、また、この適合性そのものもドイツ人の特質と要求とに添って培われ養われてきたものと思われる（注4）。

片山の述べていることは、ドイツ文学を勉強することが思想詩を作ることと深く関係しているということである。また、片山は「ドイツ語自体が形象的なもの、思想的なもの、そして韻律的なものを同時的に活かすのに適合している」と述べ、ドイツ語自体と思想詩との強い結びつきを指摘している（注5）。

ところで、思想詩（思索詩）の概念を明確にしておく。思想詩といえども詩であるから、抒情性は無視できない。思想むき出しのぎすぎすした詩を、思想詩というのではない。思想詩とは、思想が形象的、感覚的に程よく生かされた詩ということである。つまり、感情優先でもなく、また、思想優先でもない。思想と感情が程よく調和した詩、それを思想詩というのである。

前述したような事情があるから日本近代詩の歴史の中で思想詩の典型を探すのは骨が折れる。

しかし、次に掲げる詩は日本近代詩における思想詩の最高傑作である。

おう又吹きつのるあめかぜ。
その中で
八世紀間の重みにがつしりと立つカテドラル、
昔の信ある人人の手で一つづつ積まれ刻まれた幾億の石のかたまり。
真理と誠実との永遠への大足場。
あなたはただ黙つて立つ、
吹きあてる嵐の力をぢつと受けて立つ。
あなたは天然の強さを知つてゐる、
しかも大地のゆるがぬ限りあめかぜの跳梁《てうりやう》に身をまかせる心の落着《おちつ》きを持つてゐる。

これは高村光太郎の詩「雨にうたるるカテドラル」(注6)である。カテドラルを擬人化し、しかもそれに作者自身の思想（真理、誠実、永遠、天然）の襞を付与している。また、「がっしりと立つ」「黙って立つ」「ぢっと受けて立つ」といった表現に作者の強靭な感情が込められている。

　そして、高村の詩について言い得ることは、神保の詩「岩」についても言い得る。「しゃべらない」岩、「いきをこらしてゐる」岩、「むっくり這《は》ひつくばった」岩、これら岩の形象はこの時期（昭和五〜六年）の神保自身の生き方である。昭和初年の疾風怒濤の時代にかれはまさしく、この岩のように生きたのである。

「いきをこらしてゐる」岩だが、嵐を前にして「みがまへる（身構える）」。そして、嵐が来ると、岩は蹴られ、ののしられ、泥まみれになり、くだかれる。

　くちすぎの面での苦労はもちろんのこと、思想面での重い葛藤があったに違いない。当時の思潮がファシズムか左傾かという二極に分化していく中で、精神の自立を保持するのが如何に困難であったかを推察することができる。そして、詩「岩」が思想詩として確立するのは、最終の一行「しかし、その時、岩は再び起《た》ち直っていた」によってである。それまでの叙述から一転して、ここでは作者のそれまでの思索の集積が感情と融合し、どっと吐き出される。

　倒れた石が再び立ち直ろうとする。その感情の強靭さを支える思索の濃密さ、それがこの詩の中軸を支えている。この詩は、神保の詩における思索詩の白眉である。

詩「岩」は誰のためでもなく、まさに彼自身のために作られたものである。不安と焦燥の時代を生き抜く上での決意が、この詩に吐露されている。

この詩全体に漂う緊迫感、それも無視できない。神保光太郎という個人らしさの投影という点でこの詩「岩」は、彼の他の作品に比べ、並々ならぬ迫力を秘めている。

5 リアリズムに忍び寄る浪漫性

雑誌『磁場』は続いて発展し、『麵麭』（昭和七年十一月創刊）となる。『麵麭』における中心は北川冬彦である。北川は初め『詩と詩論』の中にいたが理論面で春山行夫の「現実遊離の形式《フォルマ》主義《リズム》」と合わず、そこを脱け出て新たに『詩・現実』『時間』を作った。そして、神保らの『詩と散文』と合流して『磁場』を作り、それがさらに発展して『麵麭』となった。

『麵麭』の特色としてよく挙げられるのは次の三つである。第一、ネオ・リアリズムの詩精神。第二、新散文詩の詩型。第三、シネ・ポエム（視覚映像としての詩）という詩の考え方。これらを大胆に推し進めたのは北川冬彦である。『麵麭』同人の間でそれらは共通の話題たり得たが、同人個々がそれらを自分の課題として真剣に追及することはあまりなかった。わずかに神保光太郎、永瀬清子、半谷三郎の三人が実作や理論の上で北川に次ぐ試みを見せたに過ぎない。神保の場合、北川の示した三項に関して、北川の上を出る成果は見当たらない。しかし、この『麺麭』時代に神保の詩の成果が見られる。それは次の二つの詩である。

ひたひ

いつか
どこかの山かげで見たやうなちひさな土地
この子のひたひ
しわだらけのひたひ
いくすぢも
いくすぢも
尾を曳《ひ》いた山脈《やまなみ》のかげり
白く
黒く　斑《ぶち》づけられた荒地《あれち》
忘れられた灌木のやうな髪の毛

こんな秘《かく》れた　こんなちひさなところにも
こんなに
たくさんの色どりがあった

はしら――トミーの作文――

ちひさいとき
ぼくの友だちは柱でした
柱にゆはひつけられて
ぼくは柱と仲好《なかよ》くなりました
柱と話したり
柱と角力《すまふ》を取ったりしました

おっ母《かあ》が
工場から帰って来るまで

ぼくは
かうして柱とあそびました

詩「ひたひ」「はしら」はともに『麵麭』創刊号（昭和七年十一月・十二月合併号）に発表され、後に「ひたひ」は神保の詩集『雪崩』（河出書房　昭和十四年十二月）、「はしら」は詩集『幼年絵帖』（山雅房　昭和十五年六月）にそれぞれ所収された。

「ひたひ」「はしら」の二篇は子どもを素材としている。これらの子どもは過酷な社会的現実を背負っている。しかし、作者はそれをプロレタリア・リアリズムのように叫び訴えて描くという方法をとらず、また、ネオ・リアリズムのように暗示的諷刺的に描くという方法をとっていない。あくまでも自己の感情や思想に即してありのままに描き出している。例えば「ひたひ」は山かげの荒れた土地と、疲れた子どもの苦労に充ちた額《ひたい》がダブルイメージされている。そして、詩の末尾は「こんな秘《かく》れた　こんなちひさなところにも／こんなに／たくさんの色どりがあつた」と結ばれている。そして、この詩句の中の「たくさんの色どり」という言葉は神保の詩想を的確に表現している。これは神保の詩想の浪漫性を最もよく言い表している。

悲惨で酷薄な現実の中に身を置きつつ、その状態をしぶとく生き抜き、強靭な意志の力でその状態を乗り越えようとするのである。そこに神保詩の浪漫性が生まれてくる。

詩「はしら」もこのような詩想で共通している。それは今日においてはよく見られる「かぎっ子」の風景である。しかし、昭和初期の当時において、共稼ぎや、お母さんが働くというのは珍しい風景であったかもしれない。そして、作中人物の「ぼく」は家の中の柱を友だちとして、酷薄な現実を乗り越えようとしている。

悲惨と見える現実の中に「たくさんの色どり」を見出すこと、それが神保詩における浪漫性であり、『麵麭』時代に現れた特色である。

詩の素材として子どもが選ばれているのは、浪漫性に付随するメルヘン的雰囲気を盛り上げる。神保は当然の成り行きとして、自分の過去、幼年へと遡行していく。詩篇「童女絵帖」や「童児等集《がきめら》」が書かれ、その延長線上に詩集『幼年絵帖』が編まれていくのは、このような経緯からである。

6　魂の成熟

『麵麭』時代の神保作品で注目する作品がある。それは詩「霧の記憶」（『麵麭』昭和八年四月、後に詩集『幼年絵帖』所収）である。それは次のとおり。

母はもう　ものを視《み》るちからがなかった
新しくとのへた真綿の夜具《やぐ》もおもたいと言った　踠《もが》く手　坂を押されて行く車の呼吸

あのかみ　木橋《もくけう》を渡りて
母と村落へくだりし日
荷車にはちひさき行李《かうり》
雪しんしんとおほひき

河は霧に淀《よど》んで　だまりこくってゐた
母はひそかに言ふた「橋から人が招く」と
夜半　凍った闇は屋根に垂れ　障子に逼《せま》る　母の臨終《さいご》のあへぎ

さやうなら
なかなかありがたう

母は霧を披《ひら》いて　河を越える
橋を渡る　橋　橋は睡《ねむ》ってゐた　だれもゐない　母は　すたすたと歩む　聴《やが》て　杳《とほ》く
見えなくなる

＊

今は夜明け
橋には陸続として　野菜の車が現はれる　あしたの巷《ちまた》に　運ばれて行く緑の挨拶　そし
て　しだいに　昂《たか》まってくる車輪の賑《にぎ》はひ　から　から　から　母が死んだ　から　から
世界のどこのすみにも　母はゐない　から　から　から

霧に濡れてしまった外套
くもりついた視界　今　少年は　橋の中央に立って　東雲《しののめ》の　汽笛を待ってゐる

一読して明らかなようにこの詩は、故郷の橋を媒介にして母の臨終の際の記憶を再現している。母の死という荘厳なモチーフを文芸に結晶化した作品は数多い。中でもその一つは斎藤茂吉の連作短歌「死にたまふ母」（注7）である。参考までに幾つかを次に掲げる。

寄り添へる吾《われ》を目守《まも》りて言ひたまふ何かいひたまふわれは子なれば
死に近き母に添寝《そひね》のしんしんと遠田《とほた》のかはづ天《てん》に聞《きこ》ゆる
死に近き母が額《ひたひ》を撫《さす》りつつ涙ながれて居たりけるかな
我《わ》が母よ死にたまひゆく我が母よ我を生《う》まし乳足《ちた》らひし母よ

こうして斎藤茂吉の短歌を引用してきて気付くのは、神保の詩の表現の仕方、日本語の使い方が短歌的であるということである。古語の使用のみならず、漢字の読み方が独特の読み方をして、それにルビを付けないと読めない、そのような独特の使い方である。例えば前掲の詩「霧の記憶」では、「臨終《さいご》」、「睡《ねむ》ってゐた」、「杳《とほ》く　見えなくなる」、「昂《たか》まってくる」、「東雲《しののめ》の汽笛」などがそうである。

ところで、斎藤茂吉の連作短歌「死にたまふ母」は東京で病院を営む彼のもとに郷里より母危篤の知らせが届き、彼は慌てて帰省し、母を看病し続ける。そして母は亡くなる。神保の場合は次のような背景がある。彼は昭和五年（一九三〇）から約一年、東京下町の小学校で代用教員を勤めた。そして昭和六年（一九三一）、隅田川近くの借家に山形から母を呼び共に住んだ。母はその借家で昭和七年（一九三二）十一月三十日、亡くなった。神保の場合、母の臨終をみとったのは郷里の山形ではなく、東京の隅田川べりの小さな下町であったということだ。この事実が母の臨終、死という同じ素材を扱いつつも、作品の雰囲気を大きく相違させたのである。

神保の詩「霧の記憶」の中に「あのかみ　木橋《もくけう》を渡りて／母と村落へくだりし日」とあり、「村落」という言葉がある。この「村落」は郷里山形の村落を指している。臨終の母を前にして作者の回想で浮ぶのは山形の村落である。そして、母が今「臨終《さいご》のあへぎ」をしているのは東京の下町である。

同じ山形県出身であるが、上山市の村に農民の子として生まれ育った斎藤茂吉と、山形市の市内に呉服商の子として生まれ育った神保光太郎との生育史における相違が作品の個性となって色濃く表れている。

しかし、短歌と詩というジャンルの違いを超えて両作品の強い結びつきがある。それは肉親の死という事態によって惹起される「人間愛」の情念である。

このことに関連する名言がある。それは萩原朔太郎の次の言葉である。

詩は純美というべきものでなくして、より人間的温熱感のある主観を、本質に於て持つべきものだ。すくなくとも吾人は、確信を以て一つのことを断定できる。即ち詩は心情《ハート》から生《うまれ》るべきものであって、機智や趣味だけで意匠される頭脳のものに属しないと言うことである（注8）。

萩原によれば詩の本質は心情《ハート》に存し、その心情《ハート》は「人間的温熱感」のあることが必要だとのことである。

神保の詩「霧の記憶」は肉親愛が情熱としてあふれ出ている。

もう一つ、この詩で注目したいのは、「橋」の使い方である。臨終の母が「橋から人が招く」と言った。これはあの世とこの世をつなぐ橋があり、あの世にいる故人が橋のたもとで母に『こちらへお出で』と呼んだというのだ。橋はこの世（顕界）とあの世（幽界）をつなぐものである。そして、詩「霧の記憶」は橋を渡っていく母の姿とそれを追慕する青年の姿を描いている。青年は若くて、青春の真っ只中に存する。普通なら、死への想念など起こるはずがない。しかし、この詩では母の臨終と死という体験に遭遇し、幽界を垣間見たと言える。

青年は母の死という大きな事件によって人生のある断面を見た。人生とはどのようなものかを知ったのである。こうして青年は一歩ずつ大人になっていく。人は遅かれ早かれ、肉親や友人、あるいは恋人の死によって、人生の本質を知ってゆく。

詩「霧の記憶」の青年は母を失った悲しみだけでなく、それをきっかけとして彼の心内に青春の危うさが芽生える。青春期の孤独、生の不安、死への誘惑など。それらは詩「霧の記憶」の終末によく表れている。「霧に濡れてしまった外套／くもりついた視界　今　少年は　橋の

中央に立って　東雲《しののめ》の　汽笛を待ってゐる」この一節に象徴されている。

要するに、詩「霧の記憶」は「人間愛」の情念のほとばしりを示しているとともに、青年から大人への「魂の成長過程」をも示しているのである。

詩「霧の記憶」は母の死という厳粛な事態を題材としているが、不思議なことに明澄な光りを発している。その理由はドイツ文学の伝統である「教養小説」（Bildungs roman. ビルドゥングス・ロマン）に通じる向日性（注9）をこの詩が受け継いでいるからである。

7　結語

神保光太郎の六篇の詩を分析考察して得られた彼の詩風の特徴を示すと次のとおりである。

一．現実の過酷さをはね飛ばす強い感情が込められている。
二．ドイツ文学の影響による思想詩（思索詩）が多い。
三．リアリズムの方法による詩作品に浪漫性がにじみ出ている。
四．童心に感動する魂が詩にメルヘンの雰囲気をかもしだしている。

五．人間愛を歌い上げる作品が多い。

六．個人における魂の成熟を感じさせる「教養小説」に近い詩が多い。

以上が神保光太郎の初期の詩に見られる特徴である。

注

（1）神保の詩「手紙」で出てくる友人のモデルは真壁仁である。神保が学んだ山形市立第三小学校の一年後輩が真壁である。

（2）このことはわたくしが神保光太郎から直接聞いたことである。

（3）「すぐれた反戦詩として注目に価《あたい》する」と述べているのは至文堂刊『国文学　解釈と鑑賞　臨時増刊＝近代文学雑誌事典』（昭和四十年十月）所収「磁場」（執筆、高橋新太郎）。

（4）片山敏彦「現代ドイツ文学所感」（『日本評論』昭和十六年九月）。

（5）ゲダンケン・リリーク（Gedanken Lyrik）、この言葉を「思想詩」と訳す例は片山敏彦『芸術と文化』（みすず書房　一九五〇年四月）所収「詩と文化」（著書五十二ページ）に見られる。

（6）高村光太郎「雨にうたるるカテドラル」の初出は『明星』大正十年（一九二一）十月号。

（7）斎藤茂吉「死にたまふ母」の初出は『アララギ』大正二年（一九一三）九月号。後、東雲堂書店刊『赤光』（大正二年十月刊）に所収。

（8）萩原朔太郎『詩の原理』（第一書房　昭和三年十二月）「第十一章　詩に於ける逆説精神」より。引用は萩原朔太郎『詩の原理』（新潮文庫）。現代表記に改めたものを引用。

（9）「教養小説」に関する概念については桑原武夫編『岩波小辞典　西洋文学』（岩波書店　一九五六年九月）四十六ページ参照。

第三章　詩風の転回点

──ロマンチスト面とリアリスト面──

1

神保光太郎に於けるロマンとリアルとの問題について考察する。例えば与謝野鉄幹の詩歌集『紫』についての評価である。

神保は与謝野が『東西南北』から『紫』に至る過程をロマンの花を咲かせていった過程と捉え、一方、『紫』から以後『毒草』『檞《かしは》の葉』『鴉《からす》と雨』に至る過程をロマンの花をはぎ落していったリアリストへの過程と捉えた（注1）。

これに対して神保より先行の文献がある。それは萩原朔太郎の与謝野鉄幹論である。その中で萩原は次のように述べている。

（前略）彼の文壇に号令した大勢力は、実にその全身的なロマンチックの熱情に根拠して居た。彼はバイロンに私淑して居た。そして確かに、彼の熱情はバイロンに比較さるべきものであった。或《あるい》はもっと詳しく言えば、バイロンを支那《しな》壮士風の東洋的気概家に変へたやうな男であった（注2）。

萩原は与謝野鉄幹の初期の仕事（『東西南北』から『紫』に至る仕事）を取り上げて鉄幹を論じたのである。だから、鉄幹のロマンチストの面のみを取り上げて論じた。それに対して神保は鉄幹の後期の仕事（『紫』から『毒草』『槲《かしは》の葉』『鴉《からす》と雨』に至る仕事）も取り上げて論じた。そこが鉄幹論の分れ目である。

ロマンチスト鉄幹という像は萩原の視界に入っていたが、リアリスト鉄幹という像は萩原の視界に入っていなかった。それは萩原の詩論集『詩の原理』（第一書房　昭和三年十二月）を紐解いてみれば明らかである。また、自身を「夢みるひと」と規定した萩原にリアリストの面はあまりなかったと考えることができる。よって萩原にとってリアリスト鉄幹は盲点だった。それを神保は洞察した。

神保はなぜ鉄幹のリアリストの面を見抜いたのだろうか。それは神保の生涯と作品の道程に関係がある。わたくしは長い間、神保をロマン派詩人と見なしてきた。しかし、彼はそんなに単純でない。そこでこの論考を記すことにした。

2

神保光太郎が短歌創作から詩創作へ転じたのは京都帝国大学文学部に入学してからであり、さらに更科源蔵や真壁仁に誘われて『至上律』（昭和三年七月創刊）に参加してからである。しかし、神保の最も古い詩作品は現在の調査では雑誌『詩と散文』昭和六年（一九三一）二月号＝創刊号に載った「秋」「丘で」「冬」の三篇である。ところで、これらの詩について述べる前にこの雑誌『詩と散文』について概観しておく。

この雑誌は京都帝国大学時代の神保の友人井上良雄が編輯人となり、「東京市外上大崎二八八　井上良雄方　詩と散文社」を発行所として出た文芸同人雑誌である。同人は井上、神保の他に、相良尤、国行造道、村田孝太郎、前川佐美雄、植草甚一、町田尕世《こうせい》、中原滋世、中田宗男、十勝悠一郎、蒲地侃、浅田凱夫、永良巳十次《みとじ》、石川譲治、石川信雄、中原孝治、土井久信がいた。

同人の活躍で目立ったのは井上良雄の評論である（注3）。井上は「横光利一の転向」（『詩と散文』第一号、昭和六年二月）でマルクス主義文学運動の跳梁期に生きる知識人の宿命を考察し、「新刊『檸檬』」（『詩と散文』第三号、昭和六年六月）で梶井基次郎のすぐれた文才をいち早く見抜いて称揚した。神保の詩で注目されたのは『詩と散文』第二号に載った「老人」であるが、これは雑誌が残っていないため今日見ることは困難である。

それでは『詩と散文』創刊号に載った詩「秋」を見てみよう。それは以下のとおり。

秋

歌はうせてしまった。
風船と紙のラッパを買ってきた。
風船をふくらまして、室中《へやじふ》をころがした。
ラッパの我鳴《がな》るやうに胸を傷《いた》めた。
散歩の杖の金の飾りもとれて、嗚呼《ああ》。河にも秋風が荒《すさ》む。
酒場は賑《にぎ》やかで、怒号と和解はひとつながりの白い霧となって街路にながれた。
河岸の真っ赤な広告塔を遠望しながら、橋の中程で愛犬と頬ずりした。
サーカスの少女はなぜか木像のやうにしか笑はなかった。

歌は　うせた。
芸術が　何だ。
街の床屋を羨《うらや》みながら、鏡を通して秋の碧《あを》さを見た。
歌は　うせてしまった。

この詩「秋」は初出の『詩と散文』創刊号からでなく、神保の詩集『陳述』（薔薇科社　昭和三十年四月）から引用した。

詩人の秋谷豊はこの詩について、「たとえば、中野重治の詩『あかままを歌うな』などに共通するリアリズムの精神を、強く感じさせる」（注4）と述べている。

中野重治の詩『あかままを歌うな』というのは、正しくは中野重治の詩『歌』と訂正すべきであるが、それはともかく、神保の詩「秋」に「リアリズムの精神」を感じたというのは鋭い鑑賞である。

それでは秋谷が出した中野重治の詩「歌」を見ながら、神保の詩「秋」と比較して話を進めていく。

「お前は歌うな／　お前は赤ままの花やとんぼの羽を歌うな／風のささやきや女の髪の毛の匂いを歌うな」と中野がうたった時、中野はこれまでのあるものと「わかれ」、新たなあるものとの邂逅を意欲的にうたおうとしている。つまり、「すべてのひよわなもの」「すべてのうそうそとしたもの」「すべての物憂げなもの」「すべての風情」と訣別し、「正直のところ」「腹の足しになるところ」をうたおうと意気盛んである。

それに比べて神保の詩「秋」は、深い喪失の感情に浸っていて、意気盛んなところがない。神保は、あるものと「わかれた」のでもなく、また、新たな「あるもの」との出会いをうたおうとするのでもない。自分自身の「歌」を失った悲しみをうたい、芸術への懐疑を洩らしているのである。

神保は自分の理想的な処世態度である「孤独に黙々と自分の道を求めて行く」という態度の改変を迫られ、「激動と不安の時代」にもみくちゃにされてゆく。そのような状況の中にいる自分の姿を描いたのが詩「秋」である。

神保はこの詩の制作背景について次のように述べている。

大学を卒《お》えて、教職に就けそうであったが、私は自分からそれをことわり、東京に出た。東京で、家庭教師や翻訳などをしながら、生活の資を得て、同人雑誌をやった。本詩集（＊竹長注記、詩集『陳述』）の作品の大部分はその当時のものである。いろいろな意味で、激動と不安の時代、その時代の荒波を浴びながら立った一人のインテリ青年。その青年は生来の素質や環境から政治的な実践行動に入る勇気を持たず、それかといって、日本文壇の低徊的《ていかいてき》な私小説伝統には強く反撥し、又、当時、詩壇を中心として興《おこ》ったシュールレアリズム的技巧派の器用さも持たず、寧《むし》ろ、孤独に、黙々と自分の道を求めて行った（注5）。

この頃の神保の態度は、否定的に評すると「煮え切らない」タイプであり、肯定的に評すると「懐疑的で慎重な」タイプということになる。だが客観的に見ると、あくまで自己の資質に忠実に生きようとする詩人である。神保は孤独に、黙々と自分の道を求めて行くタイプの詩人だ。

ところで、神保の詩「秋」に戻って考えてみよう。「風船」「ラッパ」「散歩の杖の金の飾り」「サーカスの少女」等は皆、メルヘン的でありロマン詩の素材である。だが、それらはメルヘンやロマンに似通うわけではない。「風船」はふくらまして、ころがすだけであり、「ラッパ」はがなりたてる音しか出さない。「散歩の杖の金の飾り」は素晴らしいものなのに、もぎとれてしまう。そして「サーカスの少女」は華麗な踊りや演技を披露するだけでなく、ただ冷たく笑うのである。詩「秋」に描かれている風景は冷え冷えとした寂しい風景である。メルヘンの要素もロマンの要素も見当たらない。

このような雰囲気は詩「冬」にも見られる。

冬

その夜花嫁の愛撫した薔薇は今ここに褪《あ》せた
屋根を駈《か》けずる猫の二つの眼を見た
活動小舎《ごや》は昨日の如く汚く、サーカスの少女は馬上に凍《こご》えた
男は雨に濡れて舗道を踏んでいた
友の死を告げる一葉の葉書を抱いて
無料宿泊所の暗《やみ》をひとりすすけた鏡が守っていた
子供は何故か泣きじゃくって再び鉛筆を舐《な》め始めた
移行する車上に水仙は群がって、天空を突き切る勢いに勇躍した
歌は地底に消え、残飯《ざんぱん》のみ塵箱《ちりばこ》の上に白かった
銅貨は閉ざされた神前に空しく散った
風は駑馬《どば》に鞭打《むちう》って都会の空を横行した。

この詩「冬」は前掲の詩「秋」と情調の点で似ているし、用語の面でも共通点がある。これ

ら二篇の詩は前掲引用の制作背景についての神保の言にある通り、東京の下町で家庭教師や代用教員をやっていた時に見たものである。昭和五年（一九三〇）頃に見たものである。

詩「秋」と詩「冬」二つの詩でサーカスの少女が用いられているのは、詩人の意識的な使用だとわたくしは判断する。サーカスの少女は浅草あたりに存在していた。それを詩人はじっさいに見たのだ。しかも、その少女の姿に詩人は自身の自画像を投影している。この詩に登場するサーカスの少女はそれのみにとどまらず、神保の自画像を投影した少女の像である。彼は当時の時代の鬱勃とした空気に対する感情をこの少女の姿を借りて吐露した。

ところでもう一つ、詩「秋」と詩「冬」二つの詩で黙過できないものがある。それは、鏡という物の文学的描写である。詩「秋」では次のとおり。

街の床屋を羨《うらや》みながら、鏡を通して秋の碧《あを》さを見た。
歌は　うせてしまった。

詩「冬」では次のとおり。

無料宿泊所の暗《やみ》をひとりすすけた鏡が守っていた

これらの表現に登場する「鏡」はいったい、どのような意味を持っているのだろうか。鏡は一般的に、洗練された透明の、冷たいイメージを読者に与える。しかし、これらの詩に於ける鏡のイメージは、そうではない。「街の床屋を羨《うらや》みながら、鏡を通して秋の碧《あを》さを見た」といい、また「無料宿泊所の暗《やみ》をひとりすすけた鏡が守っていた」と詩人が述べる時、その鏡とは、詩人自身のメルヘンやロマンが自由に歌える時代へと彼をいざなう「女神《ミューズ》」(Muse) である。

神保光太郎は激動と不安の時代において、孤独と不機嫌の感情にとらわれつつも、なお、前述のような「女神《ミューズ》」の存在を信じて疑わなかった。リアリズムの詩を書きながら、一方でロマンを夢見る詩を書いた詩人、それが神保光太郎である。

3

神保光太郎の詩風の転回点がどこにあったのか、それを明らかにする。

雑誌『詩と散文』以後、神保は『麵麭《ぱん》』にかかわり、『現実』にかかわっていく。『現実』という雑誌は、まさに呉越同舟で旧プロレタリア作家同盟に属す文学者と芸術派に属す文学者との寄せ集めでできた。神保はこの『現実』に参加したが大した活躍はせず、同人の亀井勝一郎や保田与重郎らと親交を深めていった。そして神保は保田らの『コギト』に寄稿し、さらに、亀井、保田らと共に『日本浪曼派』を創刊することになる。

このような一連の歩みを神保に決意させたのは、自己の資質の発見と確認である。自己の内部に潜む資質はロマン性である。つまり、自分の資質がリアリズムにではなくロマンティシズムにあることを神保は昭和九年（一九三四）八月の時点ではっきりと確認した。その転回点に位置する作品が詩「雪崩」である。これは雑誌『コギト』昭和九年八月号に掲載された。

雪崩

ここは　どこか　深い山のなかなのか
あなたの声は木樵《きこり》の錆《さび》をつたへる

こっとん　こっとん

ほこりに塗《まみ》れた古時計を見あげて

あなたは朝毎《あさごと》
死んだ太郎を憶《おも》ひ出す
雪ばかり食って
あなたは生きてゐることができる
春のうたを　あなたは岩陰に秘《かく》してしまった

むっつり

あなたは　いつも山巓《さんてん》の喬木のやうに黙々と立つ
雪崩がいつ襲《おそ》ふか
あなたばかりが知ってゐるのかもしれない

この詩には前掲の詩「秋」や「冬」と一線を画する特徴がみられる。まず、書き出しの二行である。「ここは　どこか　深い山のなかなのか／　あなたの声は木樵《きこり》の錆《さび》をつたへる」、この二行によって読者は日常的現実とは別の、メルヘン的な幻想の世界へと誘導される。そして、その世界にあるのは木樵と古時計である。

次に注目するのは、「あなたは朝毎《あさごと》／死んだ太郎を憶《おも》ひ出す」である。この「死んだ太郎」という表現の意味するものを考えることが重要である。太郎というのは、神保の詩の中でたびたび出会う言葉である。それは神保の分身であり、肖像であり、自画像である。それが「死んだ」とは、つまり、過去のものとなったということである。したがって、ここには過去の自分の姿を回想する姿勢と共に、過去の自分と訣別し新たな自分として生きる決意の表明がなされているのである。このことは、この詩の第三連で明白になる。「死んだ」という言葉で作者は自分の過去を総括している。しかも、それは価値的総括の表現であり、単なる過去回想の懐旧的表現と異なっている。「過ぎ去った」という言葉を選ばず「死んだ」という言葉を選んだ作者の意図がそこに在る。つまり、「リアリスト太郎」はこの時点で死んだのであり、「ロマンチスト太郎」が新たに誕生したのである。

そういう観点からこの詩「雪崩」をみると、これは「ロマンチスト太郎」（ロマンチスト神保光太郎）の誕生を告げる作品だということになる。しかも、この詩「雪崩」はこれまでの作品「秋」や「冬」と比べると、不思議と暗くない。いつ襲われるかもしれない雪崩の不安を蔵しながらも、「生きてゐること」の喜びを歌い、「生きてゐること」の意味を前向きにとらえて行こうとしている。そのような点からもこの詩は「ロマンチスト太郎」の誕生を告げるにふさわしい作品である。

そして神保光太郎はこれ以後、『コギト』『日本浪曼派』『四季』を舞台にロマンチスト詩人としての本領を発揮していく。

本稿は神保光太郎におけるロマン性の自己発見と確認というテーマで昭和九年（一九三四）迄を考察の対象とした。短歌による文学的出発、リアリズムからロマンティシズムへの詩風の推移、この二点が骨子である。

4

短歌では当初、ロマンチストであった神保光太郎が後に、詩人として出発した時、彼はリアリストだった。その彼が詩人としてロマンチストになるというのは、本来彼にロマンチストの素質があったからである。

昭和九年（一九三四）を転回点として神保光太郎はロマン派詩人として出発する。しかし、彼には時々、短歌創作の念が起る。それは太平洋戦争でシンガポールへ着任する時のことである。そこで彼は昭南日本学園という現地の日本語学校の校長となる。現地の人々と交わる中で彼に、様々な思念が発生する。

だが昭和十六年（一九四一）の末、まずはシンガポールへ行けと命じられた時から、彼の短歌創作が発生する。そして、シンガポールに着いた時の感慨も歌にする。ロマン派詩人として本国で既に多くの詩を作った彼であるが、今度は再び短歌創作の念が発生する。

その作品は次のとおり（注6）。

大君《おほきみ》の御旗《みはた》かしこみ　みんなみの波路を越えて征《ゆ》く日今日《けふ》の日
みんなみの窓を展《ひら》きてもの想《おも》ふ冬の太郎は今徴《め》され行く
昭南港かなしき町よ今宵また腕車《うでくるま》を駆《か》りてひとり彷徨《さまよ》ふ
海岸に出てみればさびし　かの空を名もなき鳥が去りて消え行く

＊腕車……人力車

これらの短歌はいずれも戦時体制下の気持ち（心情）をうたったものである。詩人として既に何冊かの詩集を出した神保であるが、やはり、短歌は彼にとって捨て難いものであった。

注
（1）神保光太郎「与謝野鉄幹『紫』」（至文堂『国文学　解釈と鑑賞』昭和三十三年十一月）。

（2）萩原朔太郎「与謝野鉄幹のこと」（『文学界』昭和十年五月）。引用は『萩原朔太郎全集　第十巻』（筑摩書房　昭和五十年九月）五八九ページ。

（3）井上良雄は明治四十一年（一九〇八）九月二十五日、兵庫県生まれ。京都帝国大学文学部独逸文学科を卒業。東京神学大学の教授を長く勤めた。学生時代から文芸評論家として活躍した。後に神学者となり、カール・バルトの著書の翻訳を多く手がけた。平成十五年（二〇〇三）六月十日亡くなった。享年九十五歳。

（4）秋谷豊「〈解説と鑑賞〉神保光太郎」（村野四郎ほか編『現代詩鑑賞講座　第十巻』所収、角川書店　昭和四十四年一月）。

（5）神保光太郎「詩集『陳述』に就《つい》て＊詩集の後書き」（薔薇科社『陳述』所収　昭和三十年四月）。

（6）神保光太郎『風土と愛情——南方文化の培ひ』（実業之日本社　昭和十八年十一月）一八七〜一八八ページより引用。

第四章　短歌時代と報道班員の時代

――大正末期から昭和十年代末期まで――

1

神保光太郎の文学的特性を考える上で大変参考になるものがある。それは神保の書いた評論「与謝野鉄幹『紫』」（至文堂『国文学　解釈と鑑賞』一九五八年十一月号）である。この評論の要点を整理すると、次のとおりである。

（一）詩歌集『東西南北』（一八九六年七月）と詩歌集『紫』（一九〇一年四月）、この二つの本の広告に違いがある。前者は麗々しく飾り立て、異常とも思えるほどの派手な宣伝であるが、後者は三行足らずの簡単な広告文のみである。この広告の様子に、「稲妻のような急角度の変転をつづける浪漫詩人与謝野鉄幹の面目」が端的に表れている。

(二)詩歌集『紫』は、詩歌集『東西南北』の「大時代めいた気負った姿」を幾らか残しているが、詩歌集『紫』には鉄幹の到達した「ひとつの芸術的境地」が示されている。
(三)詩歌集『紫』は、明星派の「根本的な典型」となり、それは晶子の歌集『みだれ髪』へと展開していった。
(四)詩歌集『紫』は、鉄幹個人の産物というより、日本浪漫主義運動の「協同」の産物である。つまり、鉄幹の下に集まった晶子・薄田泣菫・蒲原有明らとの相互浸透の結果である。
(五)詩歌集『紫』では、短歌を「短詩」と呼んでいる。詩歌集『鉄幹子』(一九〇一年三月)では「短歌」としている。その差異から、『紫』に賭けた鉄幹の「先進性」がうかがわれる。
(六)鉄幹にはロマンチストとリアリストとの二面性があり、その「矛盾撞着」が詩歌集『紫』によく出ている。その点が『紫』の色褪せぬ魅力である。

この評論は全体的に見て鋭い目配りと果敢な自己投入によって、緊張感の漂う文章となっている。また、この文章では、(二)と(三)の主張に見るように、鉄幹の文学的業績の中で詩歌集『紫』を最も高く評価している。そして『東西南北』から『紫』への過程を単なる「変化」として捉えるのではなく、「成長」と捉えている。それは(四)と(五)の理由によると判断することができる。

2

ところで、明星派の詩歌に強い影響を受けた詩人に萩原朔太郎がいる。萩原の場合、鉄幹に対する評価はどのようであったのだろうか。

朔太郎が鉄幹の詩歌集で最も高く評価しているのは『紫』である。朔太郎は「与謝野鉄幹論」（『文学界』一九四〇年二月号、のち、白水社刊『帰郷者』所収）で『紫』は「芸術的発展の最高峰」と讃え、また、「与謝野鉄幹の詩」（『日本』一九四二年一月号）で「鉄幹の全風貌と全芸術的価値」が尽くされている書と『紫』を評価している。しかし、その一方で朔太郎は鉄幹の他の作品を高く評価していない。「与謝野鉄幹のこと」（『文学界』一九三五年五月号、のち、白水社刊『日本への回帰』所収）では彼の作品が「粗雑すぎる」と批判している。つまり、朔太郎は『紫』など一部の作品では高く評価しているが、その他の作品ではあまり評価していないのである。そして朔太郎は鉄幹をジャーナリスト（文化指導者）として評価している。

それでは萩原朔太郎の与謝野鉄幹に対する評価、すなわち、ジャーナリスト（文化指導者）としての評価についての文章を見てみよう。それは次のとおり。

> ジャーナリスト（文化指導者）としての第一資格は、時代の新しい潮流を感覚するところの敏感性である。だがそれにもまして必要なものは、全身的に打ち込んでかかる熱情さである。所《ママ》で鉄幹氏は、この二つの資格を完全に所有していた。彼が当時の西欧的新思潮に対して、いかに新鮮で鋭敏な感受性を持っていたかは、その雑誌『明星』の表装挿紙が、当時の読者に対して驚異的な新感覚を与えたことでもわかる。だが彼の文壇に号令した大勢力は、実にその全身的なロマンチックの熱情に根拠していた。彼はバイロンに私淑していた。そして確かに、彼の熱情はバイロンに比較さるべきものであった。或いはもっと詳しく言えば、バイロンを支那壮士風の東洋的気概家に変えたような男であった（注1）。

ここでは「時代の新しい潮流を感覚するところの敏感性」と「全身的に打ち込んでかかる熱情さ」、この二点が鉄幹の特性として指摘されている。そして、前者は「新鮮で鋭敏な感受性」、後者は「全身的なロマンチックの熱情」と言い換え、結局のところ、後者の方を重視するという筆の運びになっている。

さて、それでは神保光太郎の鉄幹評価を見てみよう。神保は前掲の文章「与謝野鉄幹『紫』」（一九五八年）で、次のように述べる。

浪漫の花々に蔽《おお》われた人間鉄幹の個性、この浪漫詩人として見た与謝野鉄幹の場合は『紫』こそその代表的詩歌集であることは誤りなかろう。しかしながら『東西南北』から『紫』に至る数年、めまぐるしく浪漫の花を咲かせて行ったと同じく、『紫』以後、『毒草』『槲《かしわ》の葉』『鴉《からす》と雨』は、これまた、同じ急速調でその浪漫の装《よそお》いをはぎ落していった道程であった。ロマンチストからはだかの個性へ。或いはまた、ロマンチスト鉄幹とリアリスト鉄幹。その間の矛盾撞着。この二重人格性、そうしたところに与謝野鉄幹の近代性があり、詩歌集『紫』の現代的意義があるのではなかろうか（注2）。

このような『紫』評価は萩原には考えつかぬものであり、神保ならではのユニークなものである。

ロマンチスト鉄幹という像は萩原の視界に入っていた。しかし、リアリスト鉄幹という像は萩原の視界に入っていなかった。それは萩原の詩論集『詩の原理』（第一書房　一九二八年十二月）を紐解いてみれば首肯できる。また、自分自身を「夢みるひと」と規定した萩原に、リアリストとしての面は薄かったと判断できる。したがって萩原は鉄幹のリアリストとしての面を見ることができなかった。いうなれば、それは萩原の盲点だった。それを神保は見たのである。

なぜ、それができたのであろうか。その答えは簡単である。ロマンチストとリアリストという二面性が神保に備わっていて、しかも、一般的にロマンチスト詩人と思われている神保が実はリアリストの面を色濃く保持していたのである。

3

ところで、神保が掲げた与謝野鉄幹の詩歌集『東西南北』（一八九六年七月）と詩歌集『紫』（一九〇一年四月）であるが、その代表作を次に示す（注3）。

まず『東西南北』から次のとおり。

ひとりして、ことしの秋の月も見ぬ
　我思ふ人と、いつかたらはむ。
旅にある、子らやいかにと、この月に、
　母泣きまさむ。唯一人して。

この二首の歌は「月二首」と題している。この二首の歌を神保は「平凡陳腐な調べ」と批判している。
また、神保が掲げてはいないが、次の歌などは『東西南北』の特徴を物語っている。

ますら夫《を》は、勝鬨《かちどき》あげて、かへりけり。
　筆のいさをは、我にゆるせよ。
ますらをの、行くべき道に、まどはねば、
　心のこらぬ、ありあけの月。

このような、まさに肩をいからせた「ますらを」調が、『東西南北』の特徴であると言える。
それでは、次に詩歌集『紫』から次に示す。まず、短歌である。

そや理想こや運命の別れ路《ぢ》に
　白きすみれをあはれと泣く身
竹に染めし人の絵の具はうすかりき
　嵯峨《さが》の入日《いりひ》はさて寒かりき

あな寒《さむ》とただざりげなく云《い》ひさして
　我を見ざりし乱れ髪の君
今すぎし小靴《をぐつ》のおとも何となく
　身にしむ夜なり梅が香ぞする

神保はこれらの歌を掲げながら、詩歌集『紫』では恋愛の歌や日常生活に取材した歌が大部分であり、『東西南北』の肩をいからせた、気負った姿が減少していると述べている。

そして、詩歌集『紫』所収の八篇の詩について、神保はこう述べる。「日本を去る歌」のような長い詩には『東西南北』のような「ますらを」調が出ているが、「泣菫と話す」「長酔」「敗荷」のような比較的短い詩は鉄幹の詩人として成長した姿であると、こう言う。

それでは、鉄幹の詩「敗荷」を次に掲げる。

夕《ゆふ》べ不忍《しのばず》の池ゆく
涙おちざらむや
蓮折れて月うすき

長酡亭《ちょうだてい》酒寒し
似ず　住の江のあづまや
夢とこしへ甘きに

とこしへと云ふか
わづか　ひと秋
花　もろかりし
人　もろかりし

おばしまに倚《よ》りて
君　伏目《ふしめ》がちに
嗚呼《ああ》　何とか云ひし
蓮に書ける歌

これは作者の鉄幹が晶子と、東京上野の不忍の池あたりを夜、散歩していた時のことを詩にしたものだと判断する。何ということもない平凡な詩であるが、鉄幹にとっては肩をいからせず、気負った姿もなく、晶子が橋の欄干《おばしま》に倚りかかり乍ら歌を考えている様子を詩にしたものである。

以上、与謝野鉄幹の詩歌を具体的にあげて、神保光太郎「与謝野鉄幹『紫』」論についての補足とする。

4

神保光太郎が戦時中の体験をつづった文章に「わが一九四二年」（中央公論社『歴史と人物』一九七五年八月号）がある。それは次のとおり。

一九四二年一月といえば、あの大戦が火蓋を切った一ヶ月後である。私の許に、招集令状ならぬ徴用令書なるものが届けられた。私はこれを手にして、「ああ、きたるものがきた」の感がしないでもなかった。というのは、すでに、作家や詩人や美術家または新聞や雑誌関係の人達が集められて戦地に行っていたのであり、私の場合はその第二陣というわけであった（注4）。

こうして神保は一九四二年（昭和十七）一月、陸軍報道班員としてシンガポール（当時の日本語での呼称は、昭南）に着き、中島健蔵らと昭南日本学園を設立した。この学園は現地の人に日本語や日本文化を教える学校であった。この学校で神保は学園長として実務を担当した。

この時のことを神保は後日、二冊の本にまとめた。一冊は『昭南日本学園』（愛之事業社　一九四三年八月）であり、もう一冊は『風土と愛情――南方文化の培《つちか》ひ』（実業之日本社　一九四三年十一月）である。前者は昭南（シンガポール）で日本語学校を設立した経緯から、その学校の具体的な運営の中身について多くの資料をもとに記述している。後者は昭南における日本語学校の実践や見聞を踏まえつつ、さらに昭南という町全体にわたる見聞をもとに執筆した随想的な文化論である。

また、神保はこのシンガポールでの体験をもとに『南方詩集』（明治美術研究所　一九四四年三月）を刊行した。その中に「嫩草《わかくさ》少女」と題する詩（注5）がある。

――あなたの志望は
と私はその支那《しな》の少女に訊《たず》ねた

その少女は俯《うつむ》きながら
しばらく　もじもじしていたが
思いつめたように顔をあげて言った
――カンゴフ
その声は低かったが
春の嫩草《わかくさ》のような希望をこめていた
――ほう　どうして看護婦になりたいの
と私は訊《き》いた

その少女は
もういちど　くちごもった
おぼえたばかりの日本語を
いっしんに組み立てているようでもあった
――ミンナヲ
　　コウフクニシテアゲタイカラ
今

その少女の顔に紅《くれなひ》のひかりがさした
そして
はじめて
にっこりと微笑《ほほえ》みが咲いた
（＊旧漢字旧仮名遣いは現代表記に改めた。）

昭南日本学園にはいろんな生徒がいた。年齢は十代から五十代に及び、学生、官吏、商店主、会社員、学校教員、僧侶など多種多様であった。また、人種もさまざまであり、マライ人、中国人、インド人、インドネシア人等がいた。前掲の詩「嫩草《わかくさ》少女」でうたわれている少女は中国人である。

そして神保はこの年の暮れ（一九四二年十二月）、軍務解除となり、飛行機で内地に帰った。昭南に行く時は船であった。

帰国して神保が驚いたのは文人（詩人や歌人）の死であった。萩原朔太郎（五月十一日）、佐藤惣之助（五月十五日）、与謝野晶子（五月二十九日）、北原白秋（十一月二日）が亡くなっていた。その時の心境を神保は前掲の文章「わが一九四二年」で次のように綴っている。

（前略）私が生きて再び祖国の土を踏んだ時の心境は複雑であった。しかも、戦局は次第に不利、空襲警報や食糧危機の中での市民生活であり、新しい再出発を決意しながらも、私の心の戸惑いは大きかった（注6）。

文学者の徴用の第二次で神保はシンガポールに派遣されたのであるが、第一次徴用は一九四一年（昭和十六）十一月であった。軍の報道班員としてマレー、ビルマ、ジャワなどへ派遣されたのは多数の文学者であった。井伏鱒二、高見順、里村欣三、北原武夫らがまず徴用され、続いて石川達三、丹羽文雄、今日出海らが派遣された。

神保が第二次で派遣されマレーに着いたとき、既に井伏鱒二などがいた。井伏は第二十五軍司令部から日刊英字新聞の発行を命じられた。そして一九四二年二月、『昭南タイムス』を創刊する。三月、井伏は神保や中島健蔵と同居する。

神保や中島は第二次徴用の貨物船「みどり丸」に乗ってシンガポール（昭南）にやって来た。このことをもう少し詳しく述べておく。「みどり丸」は赤錆びた五千トン級の貨物船であり、一九四二年二月二十四日、台湾の高雄を出港した。三月三日、サイゴンの港外サンジャックに着いた。三月五日、サイゴン港に着く。三月十四日、昭南港に着いた。上陸は三月十七日。そして、神保と中島は井伏の住む宿舎に入った。

第二十五軍司令部の司令官（将軍）は山下奉文だった。ある日、井伏はうっかりして将軍の来ることを知らなかった。少年志願兵たちがさっと立ち上がり、直立不動の姿勢をとったのに、井伏は事態が何もわからず、何事だろうと咥《くわ》え煙草のまま、将軍をのぞき見する仕草になった。これはまずいと井伏自身気づいたが、判断は既に遅かった。以下を川西政明「文士と戦争――徴用作家たちのアジア」（『群像』二〇〇一年九月号）から示す。

つかつかと部屋のなかに入ってきた将軍は、井伏鱒二をさして「これは何者だ」と大きな声を出した。阿野信宣伝班長が「これは宣伝班員であります」と答えた。「軍人は礼儀が大事だ。こんなものは、内地へ追い返してしまえ」と将軍は怒鳴った。井伏鱒二は「はい」と答えた。将軍は三度「軍人は礼儀が大事だ」を繰りかえした。阿野信宣伝班長が井伏鱒二のところにきて、「軍人は礼儀が大事だ。司令官閣下がお見えになったときは、一同起立して、最年長者の号令で、敬礼しなければならん。軍人は礼儀が大事だ」と参謀たちに聞こえるほどの大声で叱責した。「はい。軍人は礼儀が大事であります」と井伏鱒二は復唱して、司令官に向って敬礼した（注7）。

また、五月二日、阿野信宣伝班長から中島健蔵に「教育視察ヲ命ズ」という命令が下った。日本事情や日本語学習の普及がどうなっているかを調査せよというものである。中島は自ら「日本語普及運動宣言」を書き、調査を開始した。そして、神保光太郎にも協力を要請した。神保は日本学園の学園長になった。そして当初、昭南日語学園であった校名を昭南日本学園に変えた。神保は生徒のために教科書も作成した。

神保は学園長となった自分自身の責務を次のように述べている。

私は昭南日語学園を昭南日本学園と改めたが、この場合、（＊竹長注記、日本語の）語の一字を省いたのは、私達は現地住民に日本語を教えるのであるが、単に語学を教授するのではなくして、日本語を通じて日本を教えたかったのである（注8）。

このように神保は日本語だけでなく、日本語を通じて「日本人の心」も教えたいと考えていたのである。

さて、昭南日本学園の歴史を整理すると次のようになる（注9）。

五月一日　開園式を挙行。生徒数は三七三名。
九日　神保が学園長に就任。

十日　昼間の授業開始。
七月十三日　平仮名を教え、漢字も教え始める。
　二十三日　修了試験を実施。
八月二日　大東亜劇場で修了式を行う。
　六日　第二期生の志願者を受付開始。
　十日　入学考査を実施。
　十四日　合格者四二七名。

この後、第三期生の募集を行った。入学者は二三四名。そして、十一月四日、第三期生の修了式をもって昭南日本学園の運営は終った。

なお、昭南の町を舞台にした小説を井伏が書いた。それは「花の町」（一九四二年）である。この中には神田幸太郎という人物が登場するが、これは神保がモデルだという。また、中島健蔵は築地弁二郎という名で登場する。

井伏は例の事件（山下奉文を怒らせた事件）でボルネオに移転させられることになっていた。井伏はボルネオに行きたくないと思っていた。すると、どういうわけかボルネオに行きたいと願い出る者がいた。それは堺誠一郎と里村欣三である。軍の幹部はその願いを聞き入れて、堺と里村をボルネオに派遣した。井伏はほっとした。

その後の消息であるが、井伏をほっとさせ彼の心と体を一時、救出した里村欣三はその後、日本に帰国するが、一九四四年（昭和十九）十二月、再び徴用されフィリピンに向かった。そして、翌年二月二十三日、敵機の爆撃を受けて戦死した。戦死した軍人の戦闘報告書を筆写中、敵機の爆撃を受け死亡したという。「従軍作家として最初の戦死」であった。このことを井伏は「里村君の絵」（一九四五年）で詳しく記している（注10）。

ところで、神保は昭南（シンガポール）での体験をいかにも楽しく、かつ、豊かにのびのびと書いているが、一方で井伏は司令官（将軍）山下奉文に怒られたことや、知人の里村欣三が二度の従軍を体験し、かつ、悲劇の死を遂げたことなど、戦争に対して楽しくない体験を綴っている。時には神保や中島と楽しく過ごしたこともあったであろうが、井伏は太平洋戦争に対しては嬉しくない思い出が多かったのであろうと判断する。

注

（1）萩原朔太郎「与謝野鉄幹のこと」（『文学界』一九三五年五月号）。但し、旧漢字旧仮名遣いは新漢字新仮名遣いに改めた。以下、引用は同様である。

(2)神保光太郎「与謝野鉄幹『紫』」(至文堂『国文学　解釈と鑑賞』一九五八年十一月号)

(3)与謝野鉄幹の詩歌集についての引用は、山宮允編『日本現代詩大系　第一巻』(河出書房　一九五〇年九月)所収『東西南北』、日夏耿之介編『日本現代詩大系　第二巻』(河出書房　一九五〇年十一月)所収『紫』から行った。

(4)神保光太郎「わが一九四二年」(中央公論社『歴史と人物』一九七五年八月号)

(5)神保光太郎『南方詩集』(明治美術研究所　一九四四年三月)八四～八六ページ。

(6)前出(4)に同じ。

(7)川西政明「文士と戦争――徴用作家たちのアジア」(『群像』二〇〇一年九月号)。引用は『群像』二〇〇一年九月号＊一九〇ページ。

(8)神保光太郎『昭南日本学園』(愛之事業社　一九四三年八月)六一ページ。

(9)前出(7)『群像』二〇〇一年九月号＊一九一～一九二ページより抜粋して作成した。

(10)ここで記している井伏鱒二の「花の町」や「里村君の絵」のことは前出(7)『群像』二〇〇一年九月号の川西政明「文士と戦争――徴用作家たちのアジア」に拠る。

第五章　異郷に根をおろす

――山形から京都、東京、埼玉へ――

1

わたくしは神保光太郎のことを考えると、神保は戦時中、まず陸軍報道班員として昭南（今のシンガポール）に赴任し、文学者の中島健蔵らと昭南日本学園を設立したのである。神保はその学園の学園長として実務を担当した。それは一九四二年（昭和十七）一月である。神保はその時、三十七歳だった。

神保はその年の十二月に軍務を解除され、十二月の末に飛行機で日本に帰還した。彼はシンガポールに行く前は日本大学教養部の予科教授だった。そして彼は帰国すると、昭南での生活が意外に楽しく愉快だったので、後にいろんな本を書いたり講演を行ったりした。『昭南日本学園』（愛之事業社　昭和十八年八月）『風土と愛情――南方文化の培《つちか》ひ』（実業之日本社　昭和十八年十一月）の著書があり、また、この本などに書いたことを各地で講演した。神保は執筆も得意だったが、講演も得意だった。

このようなことを書きつつ、神保が郷里の山形からまず、京都に行き、それから東京と埼玉へという住まいの変遷も、わたくしには興味関心があった。

彼は明治三十八年（一九〇五）十一月二十九日、山形県山形市の七日町に生まれた。山形の小学校、中学校、高等学校を卒業して、京都の帝国大学文学部に入った。そして、ドイツ文学を勉強した。だから、彼はエッカーマンの著書『ゲーテ　対話の書』上巻・下巻（改造社　上巻＝一九三六年十一月、下巻＝一九三七年十二月）を翻訳刊行した。このように彼はドイツ語ドイツ文学の原典が読める人だった。わたくしも少しドイツ語を勉強したが、おそらく神保光太郎に追いつけない。彼は京都帝国大学でずいぶんドイツ語を勉強したのだろう。

2

神保光太郎は京都帝国大学を卒業しても、なかなか就職できなかった。それでまず、東京に出た。二十五歳くらいだった。一九三〇年（昭和五）五月、東京は不況で失業者がたくさんいた。神保は家庭教師を行ったり、代用教員を勤めたりした。荒川区南千住の小学校で代用教員を勤めた。この時の教員生活の体験を神保は後に「がきめら集」（詩集『幼年絵帖』所収）に記述した。それから、時々、高村光太郎のアトリエ（千駄木町にある）を訪れたりした。

そして彼は翻訳の仕事をするかたわら、ふるさと山形の町に思いを馳せ、さらに母への情を詩に書いたりした。父の惣吉《そうきち》は一九二九年（昭和四）八月二十七日、山形で亡くなった。

神保は一九三一年（昭和六）山形から母の仲《なか》を呼んで東京の隅田川べりの借家に一緒に住んだ。母はそれほど、元気でなかった。田舎の山形から都会の東京に来て、元気になる母でなかった。母は一九三二年（昭和七）十一月三十日に亡くなった。こうして神保は父も母も失ったので、実につらい日々を過ごし続けた。しかし、彼は雑誌『詩と散文』『磁場』『コギト』『麵麭《ぱん》』『四季』等とかかわり、ついに詩人及び詩論家となるようになった。

3

神保光太郎がやっと落ち着いた場所は、埼玉県の浦和だった。彼は一九三五年（昭和十）二月、浦和に転入した。浦和の鹿嶋台《かしまだい》と称した場所だった。しかし、この場所は一九三七年（昭和十二）に高砂町《たかさご》となり、その後、「浦和町別所《べっしょ》」と地名を変更した。だから、神保が住んだ場所は、同じ所である。わたくしは一九七八年（昭和五十三）七月十五日、娘の紀子を連れて神保の自宅に行った。その時、神保光太郎は数え年七十四歳だった。

この年（一九七八年）四月二十九日、神保は勲三等瑞宝章を受けた。そして、この年六月十七日、浦和市民会館で「神保光太郎を祝う会」が行われた。わたくしが娘の紀子（小学一年生前の幼稚園児）を連れて神保宅に行った時、光太郎の奥様の一枝《かずえ》さんが紀子にたくさんのキャンデーとビスケットをくださった。この時のことを紀子はこう日記に書いた。

おじさんでした。しらががはえていました。クッキーがおいしかった。こうちゃ（＊紅茶）もおいしかった。めろん（＊メロン）もおいしかった。とり（＊鳥）とねこ（＊猫）と、にわとりを見ました。たのしかったです。

わたくしは、びっくりした。後に大きくなった紀子にこのことを告げたら、「私は神保先生宅の珍しい庭を見て、楽しかった。庭に鶏、猫それに籠の中のホトトギスなどが居たんです。神保先生のことはあまりわからなかったが、奥様の親切さがよくわかった。嬉しかったです。」

こういう言葉を聞いて、わたくしは幼い娘を連れて行ったのはずいぶん良かったなあと思った。

第六章　神保光太郎の詩論
――「愴《かな》しみの克服」を中心に――

1

神保光太郎の詩論はあまり知られていないが、彼の詩論には素晴らしいものがある。それについて述べたい。しかし、彼には啓蒙的なもの解説的なものが多いのである。この文章では、啓蒙的なもの解説的なものを除くことにする。

神保光太郎の詩論で特に素晴らしいものは雑誌『麺麭《ぱん》』時代のものである。

雑誌『麺麭《ぱん》』は北川冬彦が中心となって発行した月刊雑誌で一九三二年（昭和七）十一月から一九三八年（昭和十三）一月まで全六十一冊刊行した。

神保は『麺麭《ぱん》』時代以前、井上良雄らと共に雑誌『詩と散文』を刊行した。『詩と散文』は一九三一年（昭和六）二月から同年六月まで、全三冊を出した。この後、『詩と散文』は北川冬彦らの雑誌『時間』と合流して雑誌『磁場』となった。ちなみに雑誌『時間』は一九三〇年(昭和五)四月に創刊し、一九三一年(昭和六)六月まで全十二冊を刊行した。

雑誌『磁場』は一九三一年(昭和六)九月に創刊し、一九三二年(昭和七)四月に終刊した。全六冊である。『磁場』の編集人は井上良雄だった。

全三冊を出した『詩と散文』は、全十二冊を出した『時間』に吸収されたと見ることができる。そして、『磁場』のあと、『麵麭《ぱん》』が出ることになった。

『麵麭《ぱん》』は既に述べたように全六十一冊刊行した。そうだとすれば、『磁場』は『麵麭《ぱん》』になってからさらに巨大化し、詩誌として大いに発展したのだと言える。『麵麭《ぱん》』の同人も増えたのである。

『麵麭《ぱん》』の同人には、北川や神保の他に、神原泰、半谷三郎、永瀬清子、高島高、長尾辰夫、桜井勝美、殿内芳樹、町田志津子らがいる。なお、この『麵麭《ぱん》』には詩の他に小説や評論、随筆なども載った。

2

『麺麭《ぱん》』時代の神保光太郎はどうだったであろうか。彼は詩を書く一方、他の雑誌に詩論を書いた。その幾つかを紹介する。雑誌『詩精神』に発表した「新しき詩の為に」と「愴《かな》しみの克服」である。「新しき詩の為に」は『詩精神』一九三四年（昭和九）四月号、「愴《かな》しみの克服」は一九三五年（昭和十）一月号である（注1）。

ここでは「愴《かな》しみの克服」を中心に述べることにする。「愴《かな》しみの克服」には「プロレタリア詩とモダンジュ」という副題がついている。昭和の激動の時代に身を置いていた詩人の苦悶が率直に述べられている。

神保はまず、「私自身はプロレタリア詩を絶えず見守ってきたが、作家同盟外で詩作してきた一人（だ）」と自己規定している。そして、プロレタリア詩の観念化を鋭く衝《つ》いている。さらに、小熊秀雄の作品について諸家の意見を紹介している。まず土方定一は「詩人の主観的お喋《しゃべ》りに終っている」と言い、植村諦は「主観の興奮があるが客観と主観の具象化がない」と述べている。また、岡本潤は「主観的に燃えていることはいいが、刀を鍛えるには火にばかりくべているんでなくて水の中へもつけて、たたかねばならんように、そういう意味の客観性が足らん」と批判している。ところが、神保は小熊の「主観的な色彩の濃厚さ」を高く評価するし、小熊の詩には「合理主義に対する極端にまでの浪漫的な反抗精神」があると指摘している。つまり、神保は今のプロレタリア詩の低調さを打ち破るのは小熊秀雄に他ならないと、その将来を期待している。

神保がもう一つ述べているのは、モダンジュの問題である。それは北川冬彦、半谷三郎、神保光太郎らが取り組んでいる「新散文詩」の問題である。

当時、新散文詩についての動きが詩壇にあった。そして、新散文詩についての詩人らの運動は単なる形式運動に過ぎないと批判する声があった。しかし、神保光太郎はそういう批判の声は当を得てないと述べた。行分けの自由詩が無秩序に、冗漫に流れだした。その荒療治として、詩と散文とを区別する「行分け」形態を取り払い、詩を散文の中に全て押し流すということを思いついた。それが「新散文詩」である。

したがって、散文形式の中で、なお、詩であると主張し得る強烈な精神を鍛《きた》えようとした。それが新散文詩運動であると、神保は述べている。

そして、新散文詩にモダンジュ（正確にはモンタージュ）の方法が採用された。モンタージュは映画つくりの手法である。映画監督が自分の意図によって、個々の場面や空間を取捨選択して映画を作る。そのように詩人も自らの創作意図によって、言葉を選択し、次々に言葉を連ねていく。

例えば、次の詩がある。

馬

軍港を内臓している。

これは北川冬彦の有名な短詩である（注2）。この詩が意味しているものは、なかなかつかみにくい。言葉によって描いている造型的な映像のイメージに焦点を合わせると、よく理解できる。池田克己がこの詩について、こう述べている、「馬の内臓に透視された軍港。この一枚の画面から、奇怪な構造の仕組まれた、軍国の秘密を、強い暗示として与えられる。」（注3）この鑑賞文を手がかりとして詩「馬」を理解することができるだろう。

北川には他にも新散文詩がたくさんある。二作品を紹介する。

瞰下景《かんかけい》

ビルディングのてっぺんから見下《みおろ》すと
電車・自動車・人間がうごめいている
眼玉が地べたにひっつきそうだ

ラッシュ・アワー

改札口で
指が　切符と一緒に切られた

このような北川冬彦の新散文詩を神保は「〝行分け〟自由詩の無意思的冗漫性に対する構成意思による最初の反抗形態」と述べている。大正期から昭和初期にかけて日本詩壇の大勢を占めた自由詩の詩人たちの「無意思的冗漫性」を神保は批判し、それに代わる北川の新散文詩を褒め称えたのである。

ところで、小熊秀雄の作品や、北川冬彦の作品に神保は高い評価を示した。

しかし、詩の「純化」という問題は難しい。神保は人間を「正しい行為」に駆り立てるのが「純粋感動」だというが、この「純粋感動」というのは果たしてどのようなものなのだろうか。

作者が頭を強く働かせて読者を納得させたり、作者が自分の目的意識をむき出しにしたりする文学作品は、読者に「真の感動」をもたらさないだろう。

作者が知性と感性との調和をとって、読者に「純粋感動」をもたらすというのは、当然のことである。詩人はそのことを考えて詩を作るべきであろう。神保光太郎が詩論「愴《かな》しみの克服」で述べた結論は、このようなことである。

注

（1）雑誌『詩精神』は一九三四年（昭和九）二月に創刊し、一九三五年（昭和十）十二月に終刊した。前奏社が発行。新井徹、遠地輝武の発起によって創刊されたプロレタリア系の詩雑誌である。だが、初期にはプロレタリア系以外の詩人たちの協力を得たりしたので、後には同人制に編成替えを行い、労働者詩人、農民詩人らの詩誌となった。初期には神保の他に、千家元麿、尾崎喜八、高橋新吉、北川冬彦、永瀬清子らが加わっていた。

（2）北川冬彦の詩「馬」は北川の詩集『検温器と花』（ミスマル社　一九二六年十月）に収録された。なお、詩「馬」は北川の詩集『戦争』（厚生閣書店　一九二九年十月）にも収録された。

（3）池田克己「北川冬彦篇」（第二書房刊『現代詩鑑賞　下巻＝昭和期』一九五一年二月刊＊一九五二年六月刊も有り）

第七章　子どもをうたう神保光太郎の詩と文章

1

神保光太郎が子どもについてうたった詩をまず紹介し、その後、神保光太郎について書いた子どもの文章を紹介する。

神保光太郎は自作の詩で子どもについて多くうたってきた。詩集で述べると『鳥』『雪崩』『陳述』『秋の童画』など各詩集に一、二篇子どもについての詩を見出す。

しかし、ただ子どもが登場するだけでなく、詩人神保の子ども観を明瞭に見ることができるものとなると、彼の初期作品である。それは神保の初期詩集『幼年絵帖』（山雅房　一九四〇年六月）である。この中に「がきめら集」という部分がある。この「がきめら集」の中の幾つかの作品は、雑誌『麺麭《ぱん》』の一九三二年（昭和七）十一月刊の創刊号に発表されたものである。

その頃の神保光太郎は、後に参加する日本浪曼派の神保でなかった。北川冬彦らと新散文詩というものに力を入れていた。また、当時の神保は葉山嘉樹らのプロレタリア文学の書を読みふけり、社会的現実をリアルに且つ、鋭く見る眼を養っていた。この頃の神保光太郎について、しばらく述べることにする。

2

「がきめら集」を書いた当時の神保光太郎はリアリスト詩人であった。自分の思いを述べることを切り捨て、子どもそのものを出来るだけ客観的に写し出そうとしている。自分を子どもそのものになりきることによって、自分自身の存在を無にしてしまおうとするのだ。

それでは神保に把握された子どもは、どのようなものであったのだろうか。それを「がきめら集」の中の一つの詩「桶造りの一家」から見てみる。

母は天気がいいと　はだしで街を彷徨した
そして　きっと交番の厄介になった
むすこも低能だった

父は赤ん坊の貰《もら》い乳にあるいた
十歳のよね子は
毎日　役場にぜい金のいいわけにいった
桶《おけ》のたがを叩く音が消えてから久しくなる
そして
暗い窓から
いつも
拍子のはずれた母の痴呆の調べが流れた

（＊漢字・平仮名は現代表記に改めた。以下同様。）

この詩の作者は、「母」→「むすこ」→「父」→「よね子」と順々に、この桶造りの一家の様子を叙述している。そして、第七行目の「桶《おけ》のたがを叩く音が消えてから久しくなる」は父の仕事である「桶造り」が無くなってからのことである。

母は痴呆状態となり、十歳の娘よね子が役場に「税金を払えない」旨を伝えに行った。

この詩「桶造りの一家」は子どものことについて多くを語らない。むしろ、子ども（よね子）の周縁のことについて多く語っている。

「がきめら集」の中に「ひで子」と題する詩がある。それは次のとおり。

——アノトキ
ウチモケイキガヨカッタノデス
マイニチフロノカエリニ
スイカガタベラレタノデス
ワカシュウモタクサンイマシタ
オアシモタクサンモラエマシタ
だが　もうない
少女は
毎日　溝に板をながしてあそび
うちをゆるがす場末の喧騒の中で
明日《あす》のおさらいをした
西瓜《すいか》もないし
若衆もいない
そして

物干し台ばかりが
どこまでも　どこまでも
せりあって　つらなっていた

この詩ではまず、ひで子という少女の作文を読み上げることから始めている。そして語り手は一個のカメラ・アイ（カメラの眼）となって、場末の物干し台が次々と連なっている風景を描いている。一個のカメラ・アイはまず、下町の細道に入った。そして、路地の喧騒や貧困の状態を描き出した。

このような詩の手法は、モンタージュ手法である。

3

「がきめら集」の詩を読んでいるうちに、わたくしは土門拳の写真集『筑豊のこどもたち』等を思い出した。ところで、土門拳の写真業をここで確かめておく。

土門拳が子どもの姿を精力的に撮り始めたのは一九五二年（昭和二十七）だという。土門はその時、四十三歳だった。東京の江東区の子どもたちを被写体として撮り始め、その集成を一九五六年（昭和三十一）十一月に刊行することになっていた。しかし、彼はその刊行を取りやめた。

一九五六年十月にスエズ動乱、ハンガリー暴動、砂川闘争などが相次いで起こったからである。土門はこのような状況の中で、単に子どもの生態を描いた自身の写真は「小市民的リアリズム」であり、「問題がある」と判断して写真集の刊行を中止した。それは小学館版『土門拳全集』所収の土門「自筆年譜」に記されている。

その後、土門は「使命感みたいなものに駆り立てられて、憑かれたように広島通いをする」（「自筆年譜」による）、その結果、写真集『ヒロシマ』（研光社　一九五八年）にまとめられた。一九五九年（昭和三十四）、筑豊炭田の貧窮問題を取材する。その結実が、『筑豊のこどもたち』（パトリア書店　一九六〇年）『るみえちゃんはお父さんが死んだ』（研光社　一九六〇年）という二冊の写真集となった。『るみえちゃんはお父さんが死んだ』は『筑豊のこどもたち』の続版である。そして、後日、この二冊が合本となり、分厚い『筑豊のこどもたち』（築地書館　一九七七年）が刊行された。

わたくしが今見ているのは、分厚い『筑豊のこどもたち』（築地書館　一九七七年）である。うずたかいボタ山がうつっている。採掘をやめた、活気のないボタ山である。次に、坑口（炭坑内への入り口）がコンクリートで厚く塗りこめられている。盗掘と事故を防止するとはいえ、無残な坑口である。そして、一人の少女がじっとこちらを見つめている。右手の人差し指を唇にそっとのせ、人待ち顔にこちらを見ている。

この少女が、るみえちゃんだった。幸袋小学校の四年生。だが、彼女は殆ど学校に行っていない。いや、正しくは、行けないのである。るみえちゃんの家には、お母さんがいない。夫の入院費を稼ぐために、町へ働きに行ったのである。家にはるみえちゃんと三つ下の妹さゆりちゃんしかいない。この二人が家で待っているのである。

お父さんは好きな焼酎がたたり、脳溢血で死んでしまう。お母さんは出稼ぎに行ったまま、帰ってこない。るみえちゃんと、さゆりちゃんは児童相談所に送り込まれた。相談所で二人はまず、ＤＤＴを頭にかけられ、それから、散髪された。髪を短く刈り上げられた二人は、庭の石に腰を掛け、遠くの方を見つめている。

これらの写真を見ると、姉妹の表情には撮影者土門の演出は見いだせない。土門は子どもたちのありのままを映したのだと、わたくしは思う。

4

土門のとらえた子ども像は一九五九年（昭和三十四）のものであり、神保のとらえた子ども像は一九三二年（昭和七）のものである。この両者には二十七年もの差がある。しかし、この二つの子ども像は不思議に重なり合う。それはなぜだろうか。

私たちは、自分自身の子ども時代の姿を思い出すだろう。そして、小説や詩の中に登場する子どもの姿を思い浮かべる。一九五九年（昭和三十四）、一九三二年（昭和七）の子ども像はまさしく、映画の中に出てくる子どもを見るようである。そのような気持ちではないだろうか。つまり、一九三二年（昭和七）や一九五九年（昭和三十四）の当時の状況を知らない人であっても、神保の詩や土門の写真から、今日の子ども像と比較する上で、一つの有意義な資料となるだろう。

神保の「がきめら集」には「桶造りの一家」「ひで子」の他にこのような作品がある。「運動会」「はしら――トミーの作文」「ゆうやけ」等がある。

それでは、「運動会」「はしら――トミーの作文」「ゆうやけ」の三作品を次に掲げる。

①運動会

どろに濡れた綱
綱にからみあった子どもたち
綱を引くより　むしろ　砂をかむのであった
笑ってはならなかった
負けても拍手をせねばならなかった
そして
整然と帰って行かねばならなかった

子どもたちのやる見世物
その日
彼らは幾度か繰り返して
この規律を守り抜いた

②はしら——トミーの作文

小さい時
ぼくの友だちは柱でした
柱には結《ゆ》わいつけられて
ぼくは柱と仲良くなりました
柱と話したり
柱と角力《すもう》を取ったりしました

おっが
工場から帰って来るまで
ぼくは
こうして柱と遊びました

③ゆうやけ

むずと組み
むずと倒れ
むずと起きた
犬と吠え
獅子の如く呻《うめ》き
ニワトリとなって一斉に　時をつくった
(彼らの住む家並は低い)
(だから空は異様に高かった)

限りない童子《がきめら》らの動き
終わりない童子らのわめき
たぎりたつ童子らのちから
いま
力は力と共に

いま
叫《さけ》びは叫《さけ》びと共に
そして
空を焼く炎《ほのお》にまで

西に夕焼は紅《あか》い

この三作品はいずれも、子どものことを描いた詩作品である。「①運動会」では、この見世物を他者に見せるため、子どもたちは規律を守り抜いたと詩人は述べている。しかし、規律を守り抜くなんて、何と堅苦しいことなのではあるまいか。もっと自由に楽しく運動会をやればよかったのになどと、わたくしは思う。しかし、当時の子どもはそうではなく、規律を守り抜いて、しっかりとやるんだとまるで大人の行なう芝居のようである。

「②はしら――トミーの作文」は、トミーという子どもの書いた作文のようである。しかし、本当はトミーが書いたように詩人が作成したのだと思う。トミーというのは外国人のようにも思えるが、漢字で書くと富雄（富男）のようになるであろう。お母さんが仕事から帰って来るまで、この子どもは家の中で柱と遊んでいたという。友だちと遊ばず、孤独な子どもだと思うが、このような遊びも楽しかったのだろう。詩人はそのことを詩にして残しておきたかったのである。

「③ゆうやけ」は、詩人が子どもの姿（様子）を詩にしたのであるが、これは子どもの姿の描写というより、詩人の叫びである。夕焼けの時間に、子どもたちはもう遊びなどに取り組まないだろう。しかし、詩人は夕焼けの紅い様子に子どもたちの強いエネルギーを感じてこの詩を作ったのだと思う。「夕焼け小焼けで、日が暮れて……」などという終焉の様子を詩人はそうではなく、赤い夕焼けは空を焼く炎のようだと讃えたのである。この詩は、子どもたちの強いエネルギーを赤い夕焼けと同様だと述べたのである。

神保の「がきめら集」は、子どもたちの噴出するエネルギーを火山のように受け止めたものだと言えよう。しかし、わたくしには、そのような受け止め方には賛同できない気持ちもある。子どもたちの噴出するエネルギーを讃えることも素晴らしいが、讃えたり歌い上げたりする以前、必死にカメラ・アイを動かしている土門拳の写真のような詩が神保に有れば、わたくしはそれを称賛する。

だから、「桶造りの一家」や「ひで子」という詩が、素晴しい詩だと感じるのである。

5

神保光太郎を描いた子どもの文がある。それを紹介する。それは一九七八年（昭和五十三）七月十五日に五歳の女の子が書いた文である。

おじいさんでした。しらがはえていました。くっきーがおいしかった。こおちゃも、おいしかった。メロンもおいしかった。鳥とネコと、ニワトリをみました。

じんぼうせんせいのおばちゃんへ
おみやげ、どうもありがとうございました。わたしとおとうさんといて、おもしろかったですか。

これは埼玉県浦和市の神保宅を父と共に訪れた女の子の書いた文である。この文は詩研究の会編の雑誌『現代詩への架橋』第三輯（一九七八年十月）に載ったものである。この文を書いた少女は五歳だった。神保光太郎を「おじいさん」と見た。それは頭に白髪がたくさん見えたからである。「おばちゃん」とは、光太郎の奥さんである。おばちゃんが少女に「おみやげ」をくれた。その前に、おばちゃんが少女にクッキーや紅茶、メロンなどを出してくれたのである。少女はそれらを頂いて、「おいしかった」と述べている。それから、少女は神保家の庭に出て、鳥とネコと、ニワトリを見た。

それから、少女は「さよなら」を言って、帰る準備をした。すると、おばちゃんが「ちょっと待って！」と言い、「おみやげ」を持って来た。思いがけない「おみやげ」をもらって少女はびっくりした。そして、少女はおばちゃんに言った、「わたしとおとうさんといて、おもしろかったですか。」

このように神保光太郎と細君はお客をもてなしたのである。この時の神保光太郎は七十四歳であった。奥さんは七十歳前後だっただろう。

神保光太郎は既に述べた「がきめら集」等で少年少女の姿を詩にしたことがある。しかし、七十歳を過ぎた頃には詩作の熱情が湧き起こることはなかった。子どもの素直な姿や言葉に微笑《ほほえ》んでいたのである。

第八章　神保光太郎から話を聞いた
——訪問記の様々——

・日時　一九七二年（昭和四十七）八月二十九日（火曜日）午後三時～四時三十分
・場所　神保光太郎先生のお宅（埼玉県浦和市別所、現在はさいたま市別所）

先生のお宅は門構えで瓦屋根の家。門の表札を見てベルを押そうとしたら、ガラッと音がして戸が開いた。和服姿の神保先生が登場。外見は素朴な教育者。柔和で温厚な笑顔。

家の中で先生からお話を聞いた。先生は話しながら、よく笑みを浮かべられる。そして、時々低音の張りのあるお声で話をされるので、思わず話に引き込まれる。時々、じっと先生のお顔を見る。すると、顔に老齢の皺が見える。先生の御年は六十七歳である。

以下は先生のお話。

【1】昭和初期の文学風景

昭和の初めから十年代は不安の時代であった。文学、特に詩の世界では三つの派が鼎立していた。大正期から力のあった民衆派詩人のグループ、雑誌『詩と詩論』に集まった芸術派詩人のグループ、そして、プロレタリア派の詩人たち。当時は詩のみならず、小説の世界もこのようにいくつかのグループに分かれていて同人雑誌がたくさん出ていた。

さて、僕の話をするとまず、雑誌『詩と散文』（昭和六年二月創刊、昭和六年六月終刊、全三冊）に「老人」という題の詩を書いた。これは僕の父のことを書いた作品である。父は人が良すぎて人に騙され、北海道に渡って商売をしたが、破産して実家の山形に帰ってきた。そんな父の姿を描いた作品が「老人」である。これは当時たいへん評判が良かったのだが、どの詩集にも収録しなかった。身内のことを書くのが恥ずかしかったからである。

第二に『磁場』（昭和六年九月創刊、昭和七年四月終刊、全六冊）という雑誌。これに僕が書いた作品は「ぼろくづ」（＊現代仮名遣いの表記では「ぼろくず」）。これは当時、反戦の詩だと批評された。そして、これはずいぶん時間が経ってから詩集『陳述』（薔薇科社　昭和三十年四月）に収めた。

第三に『麵麭《ぱん》』（昭和七年十一月創刊、昭和十三年一月終刊、全六十一冊）という雑誌。これには北川冬彦、平野謙、永瀬清子らが所属していた。

第四に『現実』（第一次は昭和九年四月創刊、同年八月終刊、全五冊。第二次は昭和十一年一月創刊、同

年六月終刊、全四冊）という雑誌。これはプロレタリア文学系の雑誌であり、亀井勝一郎や本庄陸男《むつお》らがいた。

【2】詩人としての深化と『日本浪曼派』

時代と社会がだんだん動いて行くと『コギト』（注1）『日本浪曼派』（注2）『四季』（注3）に参加した。従来は詩というとフランス文学系統のものが多かった。そこで『コギト』はドイツロマン派のものを多く取り上げた。『日本浪曼派』という雑誌の名前は保田与重郎、亀井勝一郎それに僕の三人が旧制浦和高等学校の松林付近を散歩していて決まった。僕は彼等との人間的な友情でこの雑誌に参加した。言うなればノンビリ屋のボンボンたちが集って出した雑誌だが、雑誌が世に出ると反響は意外に大きかった。萩原朔太郎さん、佐藤春夫さん、中川與一さんらから応援の声が届いた。

『日本浪曼派』というと、どうも保田与重郎中心に絞られるが、実は同人の一人一人が個性的なんです。僕は自分でよくわからないが、他者からお前はメルヘン的だとか、素朴だとか、特徴を指摘されます。

そして他の雑誌仲間でもそうですが『日本浪曼派』は人間的なつながりが楽しかった。

【3】『四季』と堀辰雄、立原道造のこと

『四季』は萩原朔太郎と室生犀星の後援で堀辰雄さんが一生懸命にやった雑誌です。僕が『四季』に入った動機に明確なものはありません。以前に原稿を出していて、後に丸山薫の紹介で同人になりました。堀さんは人間として素晴らしい人で僕は好きでした。兄貴のようでした。堀さんの人間性に強く惹かれました。そのことは何かに書いたことがあります。そうです、『文芸　堀辰雄読本』（河出書房　昭和三十二年二月）がそれです。

同人雑誌はイデオロギーと別に、人間としての交際で参加することが多い。『四季』にはベテランの詩人が多かったが、『四季』によって詩人になったのは立原道造だと思います。立原は『四季』の前に『未成年』（注4）という雑誌をやっていたが、この『未成年』はほとんど知られていない。

立原は僕の弟のようであり、よくこの浦和の家にやって来た。家内《かない》も立原のことをよく知っている。近くの別所沼にヒヤシンス・ハウスを建てると言って、そこにある甕《かめ》（＊先生は窓の外にある古びた甕を指さして）を雨樋《あまとい》の下に置くからぜひ下さいと言った。彼は建築家だからね。それから数日後、ヒヤシンス・ハウスの設計図を見せてくれた。設計図にはちゃんとその甕が載っていた。まさに文化財だね。由緒ある甕です。

『四季』では僕→津村信夫→立原という年齢順で仲良くやっていた。津村と立原はよく室生

犀星さんの所へ行っていたよ。

【4】戦争体験

当時、「徴用」と言ってね、「用にめされる」と言うんですが、僕らは馬鹿らしく思って「懲《こ》らしめられるために行くんだ」と互いに言って、笑った。でも、反旗を翻して逃げたりすれば酷い目に合うから仕方なく行ったんです。

文学者の第一次徴用は高見順、大木淳夫《あつお》、浅野晃《あきら》などだった。僕は第二次徴用で昭和十七年(一九四二)三月、中島健蔵、北川冬彦、田中克巳《かつみ》らと一緒でした。ずっと船で行ったのですが、今のサイゴン辺りを通ってシンガポールへ行ったんです。着いたら、陥落した後だった。それで何もすることがないんです。井伏鱒二さんは英字新聞の社長のような仕事をしていた。中島健蔵さんは行動派で、あちこちに出歩いていた。ウィスキーの珍しいのを見つけて井伏さんらと乾杯しました。僕はそれまで酒をあまり飲まなかったのですが、この時から少し馴染むようになった。

そのうち、宣伝班の公の仕事として取り組むようになったのが学校づくりです。現地住民の間から日本語を学びたいという願望が出てきました。彼らは英語はできるが日本語ができない。この土地が日本軍の領地となったので我々は日本語を知る必要がある。日本語を教えてほしいという現地住民の願いから日本語学校を開くことになったのです（注5）。

【5】日本語学校を開く

場所は現地の元師範学校（小・中の教育養成学校）です。大学で学生を教えた経験があるのは中島さんと僕です。中島さんが学校の顧問、僕は校長、井伏さんは時々、講師として教壇に立ちました。先生には兵隊さんの中から教員だった人、英語のできる人を選んで先生になってもらった。

生徒は五十歳代の大人から十歳代の子どもに至るまで幅広い構成でした。

この学校を運営することで、現地住民と直接交わる機会を得た。街中には中国人の首がさらしてあったりして、現地の人から日本人は恐れられていた。そうした状況の中、僕たちは別に「国家のため」というのでなく、言葉を通して彼らと人間的な通じ合いをしたい、そうした願いがありました。

僕は日本語学校の校長をやっていた関係で、マライ人同士の結婚式の仲人《なこうど》をやりました。

日本に帰ってから、日本語学校の教え子たちからよく手紙を貰いました。

この学校の名前は昭南《しょうなん》というのですが、あなたは何年生まれ？（＊「私は昭和二十一年です」と答えました。）ああ、それではわからないね。昭南とは、シンガポールのことなんです。陥落した時、日本がここを「昭南」と名称変更したのですよ。

【6】愛国詩

ラジオで放送するから戦意高揚のための愛国詩を書いてくれと何度も頼まれました。それらの詩を幾つか書きましたが、今から振り返ると慚愧《ざんき》の思いです。

その時の僕の気持ちを正直に言います。西洋の帝国主義があり、それに後進国が痛い目に遭い、まさに奴隷のようでした。アジアには後進国が多かった。日本がその後進国の先頭に立って、アジアの目覚めを促す、そういう趣旨で僕は詩を作りました。

僕は愛国詩を作っても、根本はやはり、ヒューマニズムの重視です。アジアの目覚めを願って行動してもヒューマニズムを失ったらおしまいです。何の価値もありません。僕の愛国詩は国を愛するというよりも、人間性に寄り添った愛国詩というものです。

注

（1）『コギト』は昭和七年（一九三二）三月創刊、昭和十九年（一九四四）九月終刊で全百四十六冊。
（2）『日本浪曼派』は昭和十年（一九三五）三月創刊、昭和十三年（一九三八）八月終刊で全二十九冊。

（3）『四季』は第一次～第三次。第一次は昭和八年（一九三三）五月創刊で、昭和八年（一九三三）七月終刊。第二次は昭和九年（一九三四）十月創刊で、昭和十九年（一九四四）六月終刊。第三次は昭和二十一年（一九四六）八月創刊で、昭和二十二年（一九四七）十二月終刊。

（4）『未成年』は昭和十年（一九三五）五月創刊で、昭和十二年（一九三七）一月終刊。全九冊。

（5）神保光太郎が関係した日本語学校のことについては神保の著書『昭南日本学園』（愛之事業社　昭和十八年八月）『風土と愛情――南方文化の培《つちか》ひ』（実業之日本社　昭和十八年十一月）が詳しい。

第九章　神保光太郎の書簡

わたくしのところに神保光太郎の書簡が送ってきたのは、全六通である。

第一通は一九七二年（昭和四十七）八月三十日の書簡である。これは往復葉書であり、わたくしが神保に問い合わせをしたことの返書である。この問い合わせは、まず浦和の住宅にいた可愛い猫のことである。神保はこの猫は「普通の日本猫でしょう。私はこの猫をトランコと呼んでいます。」と答えた。また、光太郎の父惣吉が山形市の七日町で呉服商を営んでいたが、破産したので北海道に行って再起を計った。このことを聞いたわたくしは光太郎に「大変だったですね。」と言ったので、神保は今回の書簡で「お話ししました家が破産したので、再出発の思いで開発地である北海道へ号をかけたのでしょう。」と述べた。

第二通は一九七五年（昭和五十）六月十日の葉書である。「冠省　『解釈』四月号を只今、いただきました。感謝いたします。御精進お祈りいたします。御礼まで。」これはわたくしが書いた論稿「蔵原伸二郎著作目録及び参考文献目録」である。これは雑誌『解釈』（教育出版センター）一九七五年四月号に掲載された。蔵原伸二郎は詩人であり、熊本から埼玉県に来た文学者である。神保はもちろん、蔵原伸二郎のことを知っていたであろう。

第三通は一九七五年（昭和五十）八月十九日の葉書である。「冠省　御手紙いただきました。『埼玉新聞』からも数部、送ってきました。たゆみなく御精進の御姿、うれしく思います。御元気をこころから祈りあげます。御礼まで。」『埼玉新聞』からも数部、送ってきたというのは、わたくしが『埼玉新聞』に書いた論稿「神保光太郎と戦争」である。これは八月十一日の『埼玉新聞』文芸欄に掲載されたものである。

第四通は一九七九年（昭和五十四）十二月十二日の葉書である。「冠省　御中越しのこと、承知いたしました。いつかお出になられるか、予《あらかじ》め準備しますから定めましょう。取り急ぎ御返事まで。御元気を祈ります。なお、これはというものがありましたら、さがしておきましょう。」

第五通は一九八〇年（昭和五十五）十二月二十三日の封書である。これは墨を使った筆で書いた文章である。以下、パソコンで示す。

冠省　御葉書をいただきながら御返辞、差しあげるのが遅れてすみません。昔の日記をくっていました。音楽好きで音楽学会によく出かけたし、それにレコードはたくさん買いました。昔の蓄音器時代からステレオ時代に進むまで、いろんなレコードがあります。主として古典音楽でヨーロッパ、アジアや黒人民謡なども多く、また声楽家のものも好きでした。ところで、お訊ねの歌ですが、ベートーヴェンやバッハなど、いろいろと思い出されるので日記にないだろうかと思って調べているのですが、まだはっきりしません。すぐ浮び上るのはベートーヴェンの第九ですが、その他の交響楽も忘れられません。今のところ、このようなお答えしかできないのですが、御許しください。取り急ぎ御返事まで。良き年を祈りあげます。

十二月二十三日

神保光太郎

竹長吉正　様

これは便箋紙全三枚である。わたくしは自宅の埼玉県久喜市吉羽で受け取った。神保の自宅は浦和市別所四丁目である。

この後、わたくしは神保の手紙に書いてあった「その他の交響楽」のことを教えてくださいと手紙で尋ねたら、十二月二十七日の葉書で「チャイコフスキーの交響曲『悲愴』」と教えてくれた。それから、わたくしはベートーヴェンの第九もそうだが、チャイコフスキーの『悲愴』を聞くようになった。

文学の詩も好きだが、音楽も好きになった。特にベートーヴェンとチャイコフスキーのレコードを買って何回も何回も聴いた。このように詩人というのは言葉だけでなく、音楽も好きで、関心が強いのだと知った。神保光太郎の家でレコードがたくさんあるのを見て、わたくしは自分の家でもレコードを何回も聞くようになった。

第十章　写真の解説

写真

①　京都帝国大学の学生時代
②　結婚時の顔
③　浦和の実家で
④　家の中の書斎で
⑤　書斎の風景Ⅰ、Ⅱ
⑥　雑誌『詩と散文』
⑦　雑誌『麺麭』
⑧　詩集『冬の太郎』と『南方詩集』
⑨　随筆集『風土と愛情』
⑩　詩集『曙光の時』と雑誌『現代詩への架橋』

⑪　自筆の色紙

⑫　曾根博義の祝賀会

解説

①　京都帝国大学の学生時代

神保光太郎は一九二七年（昭和二）四月、京都帝国大学文学部独逸文学科に入学した。はじめは東京帝国大学の法学部に入ろうと思ったが、自分の性質が政治家や法曹界に向かないと判断し、文学部を選んだ。そして、河上肇や西田幾多郎が健在だった京大に憧れた。郷里の先輩阿部六郎の影響を受け、神保は独逸文学科を選んだ。写真の左から二番目が神保である。腕を組み、頭を少し横に傾けるのが神保の特徴である。

②　結婚時の顔

結婚見合いの写真である。三十歳に近い頃である。神保は一九三七年（昭和十二）十一月二十八日、梅谷一枝と結婚した。結婚祝賀会は同年十二月上旬、銀座の山水楼で行われた。高村光太郎・萩原朔太郎・佐藤春夫・堀辰雄・亀井勝一郎・中谷孝雄・保田与重郎・津村信夫・立原道造・丸山薫らが出席し、盛大に行われた。

③　浦和の実家で

神保が埼玉県浦和に住み始めたのは、一九三五年（昭和十）二月上旬である。神保は梅谷一枝と結婚する前に、既に浦和に住んでいた。その土地は初め鹿嶋台《かしまだい》と称していたが、後に高砂《たかさご》となり、さらに別所《べっしょ》と変更した。この写真は実家（浦和市別所）の庭で写したものである。この時の神保は六十歳過ぎである。

④　家の中の書斎で

これは浦和の自宅の書斎で写したものである。一九七八年（昭和五十三）であり、神保は七十四歳である。勲三等瑞宝章を受けた。

⑤　書斎の風景Ⅰ、Ⅱ

書斎には神保の若い時の肖像画がある。本箱には、芥川龍之介全集やキルケゴール選集が収まっている。花瓶や置物もたくさん並んでいる。

⑥　雑誌『詩と散文』

神保が京都帝国大学を卒業した後、同人雑誌『詩と散文』に参加した。編集人は井上良雄である。この第1号（創刊号、一九三一年二月）に神保は詩を六篇発表した。詩の題名は「老人」「墓碑銘」「おさらひ」「兵で」「秋」「冬」。

⑦　雑誌『麺麭』

この雑誌は一九三二年（昭和七）十一月に創刊された文芸雑誌である。同人には北川冬彦、半谷三郎、永瀬清子、神保らがいた。これは一九三四年（昭和九）九月号であり、この九月号に神保は評論「萩原朔太郎詩集『氷島』覚え書」を書いた。このことから神保は萩原と親しくなり、手紙を貰った。その後、『四季』同人会でよく顔を合わせた。

写真の右側は雑誌の裏である。

⑧ **詩集『冬の太郎』と『南方詩集』**

詩集『冬の太郎』は一九四三年（昭和十八）十一月、山本書店から刊行した。神保は詩作に脂がのって、どんどん詩を作った。『南方詩集』は一九四四年（昭和十九）三月、明治美術研究所から刊行された。表紙の絵は特徴があり、これは画家の古賀春江が描いたものである。

⑨ **随筆集『風土と愛情』**

この随筆集は神保が陸軍報道班員として昭南《しょうなん》（日本人が当時、シンガポールをこう、名づけた）へ行った時の体験を記したものである。一九四二年（昭和十七）一月から十二月まで昭南に滞在し、昭南日本学園の校長を務めた。昭南での生活と見聞を記した文化論である。

⑩ **詩集『曙光の時』と雑誌『現代詩への架橋』**

詩集『曙光の時』は一九四五年（昭和二十）二月、弘学社から刊行された。戦時色の強い詩集である。雑誌『現代詩への架橋』第三輯（詩研究の会編　一九七八年十月）は神保光太郎を特集した雑誌である。宮澤章二「獅子のゐる風景」、槇晧志「二篇・選択」、武井清「古ぼけたリトムス」、高田欣一「神保光太郎氏の詩一篇」、町田多加次「激流のただなかでうたわれた抒情詩『鳥』『雪崩《なだれ》』」、弓削緋紗子《ゆげひさこ》「散歩の途中で」、早瀬輝男「『鳥』『雪崩』の鑑賞」、小川和佑「雑誌『四季』に関する新論考」、竹長吉正編「神保光太郎年譜」。

⑪ 自筆の色紙

色紙の文は「人は愛に生きる」。神保光太郎はヒューマニズム（人間愛）の詩人だとよく言われている。ドイツ文学を研究した学者であるから、情熱もあるし他者のことをよく気遣う人であった。

⑫ 曾根博義の祝賀会

曾根博義は日本大学文理学部の教授を務めた。有名な著書は『伝記伊藤整　詩人の肖像』であり、この著書は埼玉文芸賞を受賞した。写真はその祝賀会の風景である。右から桂英澄（小説家）、神保光太郎、曾根博義、一人おいて、弓削緋紗子（詩人）である。わたくしもこの会に出席していた。

第十一章　神保光太郎年譜

凡例とお願い

1. 本年譜は神保光太郎の生涯と作品を対象とする。
2. 本年譜は著作目録を附載した。
3. 本年譜の無断使用を禁ず。著作権法により必ず連絡を乞う。

明治三十八年（一九〇五）一歳　＊以下、数え年の年令。

十一月二十九日、山形県山形市七日町に父神保惣吉、母仲《なか》の次男に生まれた。本名は「じんぼう・みつたろう」。本人は詩人となってからは「じんぼう・こうたろう」「じんぼ・こうたろう」等と呼称されるが、かまはない（拘《こだわ》らない）と言う。父は七日町で呉服商を営む商人であり、母は武家の出身で子どもには厳しいしつけをした。だが、母は深い愛情で子どもを包むことを忘れず、光太郎は温かい愛情で育てられた。母は町の人々から「小町娘」と呼ばれ、幼い光太郎は母を誇りにして成長した。

明治四十一年（一九〇八）四歳

父の商売が破産した。父は再起を願って単身、北海道に渡る。光太郎はしばらく、母と寂しい生活を続けた。

明治四十五年・大正元年（一九一二）八歳

光太郎は山形市の第三小学校に入学。この小学校には一年下に真壁仁が入ってくる。

大正六年（一九一七）十三歳

光太郎は山形市立第三高等小学校に入学。ここでは首席を通した。

大正九年（一九二〇）十六歳

山形県立山形中学校（後、山形東高校）に入学。弁論大会で熱弁をふるった。近視となり眼鏡をかける。中学校には先輩阿部六郎（阿部次郎の弟）がいた。

・[作品]　随想「生存競争」（山形中学校『共同会雑誌』五十二号、十二月）

大正十二年（一九二三）十九歳

十一月、県下中等学校弁論大会（主催、山形高校）にて「獅子の嘯音を聞きて」と題し二等に入賞。

大正十三年（一九二四）二十歳

三月、山形中学を四年次で修了。四月、山形高等学校文科乙類に入学。学校で亀井勝一郎、阪本越郎、高山岩男らと知り合い、同人雑誌『橇音』を出す。ゲーテの本を原書で読む。トルストイとロマン・ロランは翻訳で読む。与謝野晶子の短歌に影響を受け、自ら短歌を作る。

・［作品］　論説「大老井伊論」（山形中学校『共同会雑誌』五十五号、二月）、論説「獅子の嘯音を聞きて」（同前）、和歌四首（同前）

大正十四年（一九二五）二十一歳

一月、剣道部の試合で活躍。山形高等学校のドイツ語教師岡本信二郎から強い影響を受けた。

昭和二年（一九二七）二十三歳

三月、山形高等学校を卒業。四月、京都帝国大学文学部独逸文学科に入学。自分の資質が官界や法曹界に向かないと判断し文科を選んだ。また、河上肇や西田幾多郎のいる京大に憧れがあった。独逸文学科を選んだのは郷里の先輩阿部六郎の影響である。

・［作品］　短歌「反逆の血」（山形高等学校校友会『校友会雑誌』十三号、一月）。短歌は全十三首。

昭和三年（一九二八）二十四歳

大山定一、井上良雄、田木繁、板倉鞆音《ともね》らと知り合う。大山や板倉と回覧雑誌を行う。京都から山形への帰郷の途中、東京で下車し築地小劇場を訪れる。そこで社会主義運動の息吹に触れた。また、雑誌『東方』（昭和三年五月創刊）によって尾崎喜八を知り、尾崎の紹介で高村光太郎に会う。この頃、短歌から詩作へ転じ、更科源蔵や真壁仁の『至上律』（昭和三年七月創刊＊第一次）に参加する。

昭和四年（一九二九）二十五歳

八月二十七日、父惣吉が死去。父のことは詩「老人」「墓碑銘」（『詩と散文』昭和六年二月）で作品化している。

昭和五年（一九三〇）二十六歳

三月、京都帝国大学を卒業。恩師が勧めた教職に就かず、五月、東京に出る。不況の風が吹きまくり、東京は失業者であふれていた。家庭教師を勧めた後、約一年間、荒川区南千住小学校の代用教員を勤める。ここでの教員生活から、詩「がきめら集」（詩集『幼年絵帖』）の素材を得る。翻訳の仕事をするかたわら、ふるさと山形にいる母への情を詩にする。高村光太郎のアトリエ（千駄木林町）をしばしば訪問する。

昭和六年（一九三一）二十七歳

二月創刊の『詩と散文』（編輯人は井上良雄）の同人となる。『詩と散文』は後に、北川冬彦の主宰する『時間』（＊第一次）と合流し、九月、『磁場』となる。山形から母を呼び、隅田川近くの借家に一緒に住む。

・［作品］　詩「老人」「墓碑銘」「おさらひ」「兵で」「秋」「冬」（以上全て、『詩と散文』二月）、詩「手紙」（『詩と散文』　六月）、詩「河」（『磁場』　九月）、翻訳「古典的と浪漫的の「根本概念」（筆者＝フリッツ・シュトリッヒ）」、これは外山卯三郎編『文芸学研究』（金星堂　九月）に所収、詩「岩」（『磁場』　十一月）。

昭和七年（一九三二）二十八歳

三月、雑誌『コギト』が創刊。神保は同人でなかったが、昭和九年八月から寄稿する。十月、最初の翻訳著作『ヨーロッパ美術史に於ける時代の問題』を刊行する。十一月、雑誌『麵麭《ぱん》』が創刊され、その同人となる。十一月三十日、隅田川近くの借家で母仲《なか》が亡くなる。

詩集『帆・ランプ・鷗』を刊行した丸山薫と知り合う。

・［作品］　詩「ぼろくづ」（『磁場』　一月）、ウィルヘルム・ピンダー著**『ヨーロッパ美術史に於ける時代の問題』**（第三書院　十月）、詩「がきめら集（一）」（『麵麭』　十一月）、短評「追はれる人々（作・張赫宙）」（同前）

昭和八年（一九三三）二十九歳

五月、堀辰雄編集の第一次『四季』（四季社）創刊。第一次『四季』は七月刊のと合わせて二冊。神保が『四季』とかかわるのは第二次（昭和九年十月）以降。

・［作品］　詩「霧の記憶」（『麵麭』四月）、詩「ふゆがれ」「折れた旗」（『麵麭』五月）、詩「春」（『麵麭』七月）、詩「記録」（『麵麭』九月）、詩「陳述」（『麵麭』十月）

昭和九年（一九三四）三十歳

四月、雑誌『現実』が創刊され、神保も参加する。しかし、発表作品は少ない。同人には亀井勝一郎、本庄陸男、保田与重郎、藤原定らがいる。『麵麭』九月号に発表した『氷島』論をきっかけに萩原朔太郎と知り合う。神保はその後、『四季』同人会で朔太郎とよく会った。十月、第二次『四季』創刊。

・［作品］　詩「落花抄」（『麵麭』二月）、詩「日記――鮮童崔小述の雑記帳から」（『詩精神』二月）、詩論「新しき詩の為に」（『詩精神』四月）、詩「冬」（『麵麭』四月）、詩「鷲」（『文学評論』五月）、詩「ふしあわせな旗」「春近く」（『現実』六月）、詩「笠鷺と旗と」（『苑』七月）、詩「雪崩」（『コギト』八月）、詩論「萩原朔太郎詩集『氷島』覚え書」（『麵麭』九月）、翻訳「独逸浪漫主義（ワルター・フォン・モーロー筆）」（『コギト』十一月）、詩「竜吉の歌」（『コギト』十二月）

昭和十年（一九三五）三十一歳

二月上旬、埼玉県の浦和に移住。そこは当初、鹿嶋台と称したが、後に高砂となり、さらに別所と名称が変更となる。亀井勝一郎、保田与重郎らが浦和の神保宅に来て新しく出す雑誌のことを協議し、三月、『日本浪曼派』を創刊。この頃から神保の詩風がリアリズムからロマンティシズムに変貌する。

・[作品] 詩論「愴《かな》しみの克服――プロレタリア詩とモンタージュ」(『詩精神』一月)、詩「秋深く」(『法政文学』一月)、詩「マグダレナ」(『四季』二月)、詩「あらがみ集」(『日本浪曼派』三月)、評論「新しき時間の獲得」(同前)、詩「冬の話」(『日本浪曼派』四月)、評論「萩原氏の怒り」(同前)、評論「日本浪曼派詩論」(『日本浪曼派』四月、六月、八月と続く)、詩「冬の人」(『四季』四月)、詩「業」(『日本浪曼派』五月)、詩「山行するもの」(『日本浪曼派』六月)、詩論「新しきポエムの追求」(同前)、詩「部落」(『コギト』六月)、詩「ほほ(炎)の歌」(『東京帝国大学新聞』六月十七日)、詩「遠い世界で」(『日本浪曼派』七月)、詩「狂へるニーチェ」(『日本浪曼派』八月)、評論「わが批判者におくる」(同前)、詩「英雄出現」(『椎の木』八月)、詩「一章　或る人に寄せて」(『コギト』九月)、詩「立つ」(『日本浪曼派』十月)、評論「闘《たたか》はない芭蕉」(『コギト』十一月)、詩「黄昏《たそがれ》に寄す」(『文芸汎論』十二月)

昭和十一年(一九三六)三十二歳

二月、第二次『四季』同人となり、津村信夫と共に実務を担当する。十一月、エッカーマンの著書『ゲーテ　対話の書』上巻を翻訳し、改造社から刊行する。

・［作品］　詩「夜の歌」（『日本浪曼派』一月）、随筆「美しき贋貨《がんか》」（『コギト』一月）、詩「山峡地方」（『コギト』二月）、詩「鳥」（『文学界』三月）、詩「波について」（『日本浪曼派』四月）、詩「悲歌」（『文明』四月）、詩「田園の春」（『文芸汎論』四月）、詩「山火」（『四季』五月）、詩「断章」（『日本浪曼派』六月）、書評「萩原朔太郎著『廊下と室房』」（『四季』七月）、詩「風雨の日」（『日本浪曼派』八月）、詩「冬近く」（『文芸』十月）、詩「鳥を探《たづ》ねる男」（『新潮』十一月）、翻訳書**『ゲーテ　対話の書』上巻**（改造社　十一月）、随筆「『ゲーテ対話の書』に就《つい》て」（『日本浪曼派』十一月）、詩「幼年絵帖」（『むらさき』十二月）

昭和十二年（一九三七）三十三歳

二月、出版社から詩集を編む話があり、萩原朔太郎に相談しアドバイスを受ける。十一月二十八日、梅谷一枝（大正六年生まれ）と結婚。祝賀会は詩壇の関係者を招き銀座の山水楼で十二月上旬に行われた。高村光太郎、萩原朔太郎、佐藤春夫、堀辰雄、亀井勝一郎、中谷孝雄、保田与重郎、津村信夫、立原道造、丸山薫らが出席し盛大に行われた。十二月、エッカーマンの著書『ゲーテ　対話の書』下巻を翻訳し、改造社から刊行する。

・［作品］　詩「かなしみは風に搏《う》たれて」（『文学界』一月）、詩論「現代詩の体験」（『新潮』

一月）、詩人論「与謝野鉄幹」（『四季』　三月）、詩人論「与謝野鉄幹論」（草野心平ほか編『現代日本詩人論』に所収、西東書林から刊行、五月）、詩「曙光を待つ」（『むらさき』　六月）、詩「夜の人達」（『雑記帳』　七月）、詩「悲しき昇天」（『創造』　七月）、詩「北方旅章」（『日本浪曼派』　七月）、座談会「浪曼派の将来」（『日本浪曼派』　八月＊出席は亀井、芳賀檀、中谷孝雄、保田、神保の五人）、詩「山上青春」（『むらさき』　八月）、詩「存在」（『文学界』　十月）、翻訳書『ゲーテ　対話の書』下巻（改造社　十二月）

昭和十三年（一九三八）三十四歳

八月、『日本浪曼派』終刊。『四季』誌上において〈現代の詩集研究〉を企画し、四月『測量船』五月『帆・ランプ・鷗』六月『山羊の歌』『在りし日の歌』七月『戦争』十二月『軍艦茉莉』を取り上げる。

・［作品］　詩「朝晴れ」（『文芸汎論』　一月）、詩「城に雪零《ふ》る」（『早大新聞』　一月二十六日）、詩「原始の朝よ！」（『新日本』　二月）、詩「暁の招待」（『新女苑』　六月）、詩「フブキハサカエ」（『四季』　七月）、詩「血のあけぼの」（『改造』　八月）、研究的評論「オズヴァルト・シュペングラー」（石原純ほか編、河出書房刊『二十世紀思想　第四巻＝神秘主義・象徴主義』所収　十二月）＊『西欧の没落』の著者シュペングラーに関する研究的評論。シュペングラーは象徴主義の哲学者である。

昭和十四年（一九三九）三十五歳

七月、萩原朔太郎を中心とした詩論の会「パノンスの会」（パノンの会ともいう）に出席。この会は十一月まで数回開かれた。また、七月、足のけがで入院した朔太郎を妻の一枝と一緒に見舞う。九月、ステファン・ツワイクの著書『篤実への熱情——フリドリヒ・ニイチェ』を翻訳し、河出書房から刊行。十月、日本大学工学部予科の専任教授となる。十二月十五日、河出書房刊『現代詩集　第一巻』に神保の詩集『雪崩』が所収される。なお、この『現代詩集　第一巻』には神保のほか高村光太郎、草野心平、中原中也、蔵原伸二郎が収録されている。また、この『雪崩』は十二月二十日、単著で河出書房から刊行される。さらに同じ十二月二十日、神保の別の詩集『鳥』が四季社から刊行された。

・［作品］　詩「柿の実抒情」（『中央公論』一月）、詩「山昏《く》るる」（『むらさき』二月）、詩「湖畔の人」（『新女苑』七月）、翻訳書ツワイクの著書『**篤実への熱情——フリドリヒ・ニイチェ**』（河出書房　九月）、詩「風景」（『文芸世紀』十一月）、詩集『**鳥**』（四季社　十二月）、詩集『**雪崩**』（河出書房　十二月）

昭和十五年（一九四〇）三十六歳

三月、萩原朔太郎編の著書『昭和詩鈔』（冨山房）に神保の詩「冬近く」「山露聖歌」「柿の実抒情」の三篇が収録される。六月、詩集『幼年絵帖』を山雅房から刊行。

・〔作品〕 詩「河童昇天」（『工大新聞』 一月一日）、詩「詩人秋也の死」（『文芸』 一月）、詩「菜園幻想」（『中央公論』 三月）、詩「沼畔の思想」（『東大新聞』 四月十四日）、詩集『**幼年絵帖**』（山雅房 六月）、詩「はこべを摘む」（『文芸世紀』 七月）、詩「荒村の絵」（『文芸文化』 十月）、詩「夏の別れ」（『女子文苑』 十月）、詩「秋立つ」（『むらさき』 十月）、詩「秋日」（『文芸世紀』 十一月）、詩「碓氷《うすひ》越え」（『しらゆふ』 十一月）、詩「鷺」（『文学界』 十二月）

昭和十六年（一九四一） 三十七歳

二月、富士川英郎、高橋義孝と共にドイツ・ナチス詩人のアンソロジー『ナチス詩集』（発行、ぐろりあ・そさえて）を編む。四月、日本大学教養部（世田谷）予科の教授となる。

・〔作品〕 詩「青春」（『工大新聞』 一月一日）、詩「清らかな軍隊」（『政界往来』 一月）、詩論「詩の鑑賞」（河出書房刊『新文学論全集 第三巻』 一月）、共訳『**ナチス詩集**』（ぐろりあ・そさえて 二月）、詩「山形中学校」（『日本の風俗』 三月）、詩「南方少女」（『婦人画報』 六月）、詩「豊かな町で」（『文学界』 六月）、詩「雲の家族」（『新女苑』 六月）、詩「祖国の雨」（『早大新聞』 六月二十五日）、詩「遠い世界で」（山雅房刊『現代日本 年刊詩集 昭和十六年版』 六月
＊『日本浪曼派』 昭和十年七月の再録）、詩「篝火《かがりび》の宴」（『新若人』 九月）、詩「海峡の憶《おも》ひ出」（『むらさき』 十二月）、詩「南方旅愁」（『文学界』 十二月）

昭和十七年（一九四二） 三十八歳

一月、陸軍報道班員として昭南《シンガポール》に赴き、中島健蔵らと昭南日本学園を設立。学園長として実務を担当。五月二十六日、日本文学報国会の創立総会が開かれるが出席せず。九月、日本放送協会編『愛国詩集』（日本放送出版会）に作品が登載される。十二月、昭南《シンガポール》での軍務が解除され、年末、飛行機で内地に帰還する。

・［作品］詩「愉《たの》しき墓地」（『新創作』一月）、詩論「国民詩の進撃」（『文芸』二月）

昭和十八年（一九四三）三十九歳

一月、昭南《シンガポール》での体験をもとに国内を講演旅行。五月、『国民詩選』（興亜書房）に作品が登載される。八月、記録文集『昭南日本学園』（愛之《の》事業社）を刊行。十月、日本文学報国会編『辻詩集』（八紘社杉山書店）に作品が登載される。十一月、詩集『冬の太郎』（山本書店）を刊行。同月、随想集『風土と愛情——南方文化の培《つちか》ひ』（実業之日本社）を刊行。

・［作品］詩「月」（『学芸新聞』二月）、詩「雲」（『文芸世紀』三月）、詩「伝説」（『四季』四月）、詩「日本の春」（『日本読書新聞』五月四日）、詩「旅路の終り」（『四季』五月）、詩「南果の城」（『新女苑』五月）、詩「旅情」（『四季』六月）、詩「汝が名をば」（『北大新聞』七月）、詩「歴史」（『文芸』七月）、記録文集『**昭南日本学園**』（愛之《の》事業社　八月）、詩「マラツカの秋」（『中央公論』八月）、詩「朝あけの夢」（『四季』九月）、詩「かがよへる」（『四季』十月）、詩「わが月光曲」（『四季』十一月）、詩「波路」（『文学界』十一月）、詩「雨」（『早稲

田文学』十一月）、詩集『**冬の太郎**』（山本書店　十一月）、随想集『**風土と愛情——南方文化の培《つちか》ひ**』（実業之日本社　十一月）

昭和十九年（一九四四）四十歳

三月、詩集『**南方詩集**』（明治美術研究所）を刊行。六月、第二次『四季』が雑誌統廃合令により廃刊（通巻で全八十一冊）。十月、日本文学報国会編『大東亜』（河出書房）に作品が登載される。十一月、笹沢美明編『飛行詩集　翼』（東京出版）に作品が登載される。十二月、幼年物語『なかよし　だいとうあ』（国民図書刊行会）を刊行。

・［作品］　詩「ほととぎす」（『文芸世紀』一月）、詩「あたたかき林」（『文芸汎論』二月）、詩集『**南方詩集**』（明治美術研究所　三月）、詩「睡蓮」（『知性』三月）、詩「戦陣賦」（『文学界』三月）、詩「暁天に想《おも》ふ」（『文芸春秋』十月）、幼年物語『**なかよし　だいとうあ**』（国民図書刊行会　十二月）

昭和二十年（一九四五）四十一歳

二月、詩集『曙光の時』（弘学社）を刊行。八月十五日、太平洋戦争が終結。八月二十八日、日本文学報国会と大日本言論報国会が解散。十月二十三日、妻一枝との間に長男明彦が誕生。

・［作品］　詩集『**曙光の時**』（弘学社　二月）

昭和二十一年（一九四六）四十二歳

戦後の旺盛な活動が出版界などで開始。八月、第三次『四季』が角川書店から発刊。

・［作品］　詩「帰郷」（『東北文学』一月）、詩篇「深淵の賦」（『人間』四月）、詩「群狼の図」（『潮流』五月）、詩「伝説の土地」（『饗宴』六月）、詩「春早く」（『胡桃《くるみ》』七月）、詩「モナリザ」（『婦人春秋』八月）、詩「谷間」（『四季』八月）、詩「その日の記憶」（『太陽』八月）、詩「秋風のなかへ」（『蠟人形』十月）、詩「生涯」（『映画展望』十一月）、詩論「現代詩の位置」（『人間』十二月）

昭和二十二年（一九四七）四十三歳

七月、更科源蔵、真壁仁らの第二次『至上律』同人となり、編輯委員をつとめる。十二月、第三次『四季』が全五冊で休刊。十二月、中島健蔵との共編で『近代絶唱詩集』（日本読書組合）を刊行。十二月、家の光少年少女文庫の一冊として童話『アラビア夜話《ナイト》』（家の光協会）を刊行。

・［作品］　詩「ゆくへも知らず」（『詩風土』一月）、詩「牧歌」（『モダン日本』一月）、詩「花のいのち」（『余情』一月）、詩「秋の絵帖」（『朝日評論』一月）、詩「鏡と子供」（『水明』二月）、詩「牧歌は消えて――津村信夫に」（『思索』三月）、詩「夏雲童女」（『苑』四月）、詩「水のほとり」（『蠟人形』四月）、詩「獅子のゐる風景」（『肉体』六月）、詩集評「『北国』（丸山薫）『偏奇館詠草』（永井荷風）について」（『至上律』七月）、詩「わかきいのちなければ」（『FEMINA』八月）、詩「庭」（『詩学』九月）、詩「あさつゆの道」（『アサヒグラフ』十一月）、詩「おっとせい」（『望郷』十二月）、詩「ハダカ木ノウタ」（『蠟人形』十二月）、詩「影絵」（『四季』十二月）、共編詩集『**近代絶唱詩集**』（日本読書組合　十二月）、童話『**アラビア夜話**《ナイト》』（家の光協会　十二月）

昭和二十三年（一九四八）四十四歳

二月、座談会「現代詩の方向」（『至上律』）に出席。他の参加者は片山敏彦、亀井勝一郎、蒲池歓一、藤原定、北川冬彦、大江満雄、丸山薫、更科源蔵、真壁仁。三月、アンデルセン原作の童話『空とぶ旅行かばん』（光文社）を翻訳刊行。九月、以前に刊行したエッカーマンの著書『ゲーテ　対話の書』を新装文庫化し、上中下の三冊を日本社から同時刊行する。

・［作品］詩「冬の手」（『紺青』一月）、座談会「現代詩の方向」（『至上律』二月）、詩「旅にて」（『詩学』三月）、詩「真昼の月」（『毎日新聞』三月十五日）、童話『**空とぶ旅行かばん**』（光文社　三月）、詩「誕生について」（『婦人朝日』四月）、詩「夏日」（『早稲田文学』八月）、翻訳『**ゲーテ　対話の書**』**上中下**（日本社　九月）、評論「近代詩に就《つ》いて」（新潮社刊『新文学講座　第二巻』所収　九月）、詩「伝説の夜」（『日本短歌』十月）、詩「わがノクター

ン」（『それいゆ』十一月）

昭和二十四年（一九四九）四十五歳

四月、新制の日本大学芸術学部教授に就任。九月、詩論集『詩のこころ』（社会教育連合会）を刊行。

・［作品］詩「高原断章」（『文芸公論』五月）、詩「休火口附近」（『ポエジイ』六月）、詩論集『**詩のこころ**』（社会教育連合会　九月）、詩「家族」（『水明』十月）

昭和二十五年（一九五〇）四十六歳

十二月、キエルケゴール著『誘惑者の日記』（三笠書房）を翻訳刊行。

・［作品］詩論「現代詩の韻律」（創元社刊『現代詩講座　第二巻』所収　五月）、詩「青の童話」（『人間』六月）、翻訳キエルケゴール著『**誘惑者の日記**』（三笠書房　十二月）

昭和二十六年（一九五一）四十七歳

九月、全国の少年少女の自由詩を二百篇選び児童詩集『月夜のくつ音』（あかね書房）を編む。十二月、解説書『詩のあじわいかた』（要書房）を刊行。

・［作品］詩「嵐の夜の記憶」（『小説公園』二月）、詩論「〈現代詩の方法〉構成論」（宝文館『現代詩十講』所収　三月）、解説書『**詩のあじわいかた**』（要書房　十二月）、詩「冬日断抄」（『青い花』十二月）

昭和二十七年（一九五二）四十八歳

詩作に専心する。

・［作品］ 詩「帰航」（『薔薇科』 三月）、詩「とるそお」（『薔薇科』 五月）、詩「シンガポール」（『薔薇科』 七月）、詩「Das Marchen」（『薔薇科』 七月）、詩「手紙」（『青い花』 十一月）、詩「タヒチの人」（『薔薇科』 十二月）

昭和二十八年（一九五三）四十九歳

四月、詩集『青の童話』（薔薇科社）を刊行。五月二十八日、堀辰雄が死去。十月、佐藤春夫・吉田精一編著の『近代日本抒情詩集』（中央公論社）に詩「ゆくへも知らず」（『詩風土』一九四七年一月）が登載される。

・［作品］ 詩「童女の雲」（『文芸日本』 三月）、詩集『青の童話』（薔薇科社 四月）、詩人論「三好達治論」（『詩学』 五月）、随筆「ひとつの挿話」（『文芸』 ＊堀辰雄追悼号 八月）、詩「きつね」（『詩の座』 十月）

昭和二十九年（一九五四）五十歳

一月、ニイチェ全集第五巻『愉《たの》しい智識《ちしき》』（創元社）を翻訳し刊行。三月、現代詩人会編『年刊現代詩集 第一集＝一九五四年版』（宝文館）に「タヒチの人」「或る画家の死」「とるそお」「手紙」の四篇が収録される。

・［作品］　翻訳ニイチェ作品『愉《たの》しい智識《ちしき》』（創元社　一月）、詩「コローの道」（『薔薇科』六月）、詩「冬日」（『文芸春秋』　十二月）

昭和三十年（一九五五）五十一歳

四月、詩集『陳述』（薔薇科社）を刊行。四月、現代詩人会編『年刊現代詩集　第二集＝一九五五年版』（宝文館）に詩「きつね——幻想曲」が収録される。十月、『全詩集大成現代日本詩人全集15』（創元社）に神保の「自伝」「鳥」「幼年絵帖」「冬の太郎」「南方詩集」「青の童話」「陳述」が収録される。十二月、日本文芸家協会編『日本詩集　1955』（三笠書房）に詩「コローの道」が収録される。

・［作品］　評論「現代詩人の文章」（河出書房『文章講座　6』所収　二月）、詩集『陳述』（薔薇科社　四月）、随筆「鴉の子を飼う」（『江古田文学』　七月）、詩論「（現代詩はどう歩んできたか）大正編」（創元社『ポエムライブラリー　6』所収　十一月）、随筆「中原中也のこと」（『江古田文学』　十一月）

昭和三十一年（一九五六）五十二歳

四月、日本経済新聞社刊『某月某日』に短文が所収。十月、埼玉詩人クラブが発足し、会長となる。十一月、埼玉詩人クラブの機関誌『詩・埼玉』創刊。十一月、竹内てるよとの共著『詩の話』（朝日新聞社）を刊行。

・〔作品〕　随筆「バラの芽生え――大学の文学雑誌の在りかたなど」（『江古田文学』　五月）、詩「四月の雪」（『BOOKS』　五月）、詩「秋の日」（『東京新聞』　十月一日）、短文「埼玉詩人クラブの結成に寄せて」（『詩・埼玉』　十一月）、詩解説書共著『詩の話』（朝日新聞社　十一月）、座談会「新しい現実のなかで」（『江古田文学』　十一月）

昭和三十二年（一九五七）五十三歳

一月、日本文芸家協会編『日本詩集　1957』（三笠書房）に詩「陳述」が収録される。十一月十日、埼玉詩人クラブ主催の講演会（於、県立浦和図書館ホール）で「現代詩の歩み」と題して講演。

・〔作品〕　詩「平和の夜明け」（『東京新聞』　一月一日）、随筆「あたたかな微笑――堀辰雄の「場」――」（『文芸　堀辰雄読本』　二月）、詩人論「埼玉の詩人　太田玉茗に就《つい》て」（『詩・埼玉』　三月）、随筆「高村さん」（筑摩書房『高村光太郎全集第二巻月報7』所収　十月）、詩「秋深く」（『江古田文学』　十一月）、詩「埴輪の馬」（『江古田文学』　十二月）

昭和三十三年（一九五八）五十四歳

十一月二十三日、埼玉詩人クラブ主催の講演会で「太田玉茗と近代詩」と題して講演。

・〔作品〕　詩「或る風景」（『詩学』　一月）、詩「あるく」（『江古田文学』　三月）、詩「五月のメエールヘン」（『産経時事』　五月一日）、詩「ヴラマンク」（『江古田文学』　十月）、詩論「与謝

野鉄幹『紫』」（『国文学　解釈と鑑賞』十一月）、詩「空中ケーブルの図」（『江古田文学』十二月）

昭和三十四年（一九五九）五十五歳

八月、埼玉詩人クラブが会報第一号を発行。

・［作品］詩人論「高村光太郎——人と作品」（角川書店『古典の窓』一月）、詩「霧と馬と」（日本詩人クラブ『詩界』一月）、詩「聖画」（『読売新聞』十一月二日）

昭和三十五年（一九六〇）五十六歳

・［作品］詩「物語」（『いづみ』二月）、詩「鎮魂曲」（『江古田文学』八月）、詩「だれかがこの道を」（『道』九月）

昭和三十六年（一九六一）五十七歳

七月十六日、埼玉詩人クラブの総会で会長に再選される。

・［作品］詩「ほりでい・いん・にっぽん」（『江古田文学』十一月）

昭和三十七年（一九六二）五十八歳

十一月、日本大学芸術学部文芸学科研究室から文芸誌『宝島』を創刊。『宝島』は昭和四十年（一九六五）まで続き、全五冊。十一月二十三日、埼玉詩人クラブ主催の「詩の集い」が県立浦和図書館ホールで開かれる。「詩の集い」の後、総会があり、埼玉詩人クラブを埼玉詩話会と改称。
・［作品］　詩「五月のノート」（『毎日新聞』五月十五日）、詩解説「明治の詩と詩人」（角川文庫『現代詩人全集　第一巻＝近代Ⅰ』十一月）

昭和三十八年（一九六三）五十九歳

五月九日から五月十一日まで埼玉詩話会主催の「詩と写真展」が県立浦和図書館ホールで開かれ、それに作品を提出。五月十二日、埼玉詩話会主催の講演会が浦和市公会堂で開かれ、「詩への招待」と題して講演。
・［作品］　詩「花を剪《き》れ」（『風』一月）、詩「抒情歌」（『宝島』三月）、詩「古代抒情」（『LYNKEUS《リュンコイス》』四月）、詩「抒情歌」（『詩・埼玉』五月＊再録）

昭和三十九年（一九六四）六十歳

十一月、埼玉詩話会と埼玉新聞社の共催で「現代詩コンクール」が開かれ、選者をつとめる。十一月、埼玉芸術文化賞（埼玉新聞社主催）を受ける。
・［作品］　詩「花は見てゐた」（『LYNKEUS《リュンコイス》』五月）、詩「少年思慕調」（『いづみ』六月）

昭和四十年（一九六五）六十一歳

一月、翻訳『ゲーテとの対話』（エッカーマン著）上巻を角川文庫として刊行。下巻は六月刊行。白鳳社のシリーズ「青春の詩集」企画に参加し各詩人論の解説を執筆。五月刊（高村光太郎）、八月刊（三好達治）、十月刊（与謝野晶子）、十一月刊（津村信夫）。三月十六日、蔵原伸二郎が死去。三月二十三日、青山斎場で告別式があり、参列。四月二十五日、埼玉詩話会の総会があり出席。五月、単著『神保光太郎全詩集』を審美社から刊行。九月、浦和市の成人講座「詩の教室」の講師をつとめる。十月三十一日、埼玉詩話会の「秋の集い」あり。

・［作品］　詩集『**神保光太郎全詩集**』（審美社　五月）、詩「送辞」（『詩季』　六月＊蔵原伸二郎追悼）

昭和四十一年（一九六六）六十二歳

四月十七日、埼玉詩話会の総会があり出席。『埼玉詩集』の刊行委員となる。十一月、『埼玉詩集　1966』（発行、埼玉詩話会）を刊行。序文と詩「牧場にて」を寄稿。

・［作品］　詩「牧場にて」（『埼玉詩集　1966』所収　十一月）

昭和四十二年（一九六七）六十三歳

四月二十三日、埼玉詩話会の総会があり出席。会長に再選。総会の後、「詩集ブームについて」と題して講演。十一月十九日から十一月二十三日まで県立浦和図書館ホールで埼玉詩話会主催の詩画展が開かれ、作品を提出。十一月二十三日、埼玉詩話会主催の「詩の祭典」が県立浦和図書館ホールで開かれ、「詩について」と題して講演。十二月、丸山薫、田中冬二らと第四次『四季』を潮流社から刊行。
・［作品］　詩「白の童話」（『詩・埼玉』八月）、評論「『コギト』『日本浪曼派』とその周辺」（読売新聞社『日本の近代詩』所収　十二月＊日本近代文学館編）

昭和四十三年（一九六八）六十四歳

五月十二日、埼玉詩話会の総会があり出席。会長に再選。九月、『文芸埼玉』（埼玉県教育委員会）の編集委員を委嘱される。十一月、『文芸埼玉』創刊、随筆と詩を寄稿。十一月、『埼玉詩集　1968』（発行、埼玉詩話会）を刊行。序文と詩「白の童話」（＊再録）を寄稿。
・［作品］　随筆「津村信夫と立原道造」（『文芸広場』六月）、随筆「新しき日には新しき歌を！」（『文芸埼玉』十一月）、詩「生と死と……――立原道造を思う」（『文芸埼玉』十一月）、詩「白の童話」（『埼玉詩集　1968』十一月＊再録）

昭和四十四年（一九六九）六十五歳

四月、『日本詩人全集33　昭和詩集（二）』（新潮社）に詩篇が収録。
・［作品］　随筆「「君も僕も美しい」――武者小路実篤」（ＰＨＰ研究所編・刊『私の愛する人生詩』所収　二月）、詩論「伝統の超克と回帰――日本近代詩の流れを追って」（『国文学　解釈と鑑賞』八月）、詩「けれどもぼくは」（『文芸埼玉』十一月）、座談会「新しい展望――文芸広場二〇〇号記念」（『文芸広場』十二月）

昭和四十五年（一九七〇）六十六歳

十一月、三島由紀夫の自決。

・［作品］　随筆「新しき埼玉のために――創刊二周年に際して」（『文芸埼玉』　十一月）

昭和四十六年（一九七一）六十七歳

二月、岩沢文雄編／千葉県文学教育の会『感動体験を育む詩の授業』（明治図書）にエッセイ「創造のいとなみ――詩作品の鑑賞をめぐって」を発表。五月、詩解説書『詩のあじわいかた』（弘文堂書店＊アテネ新書）を刊行。昭和二十六年十二月に要書房から出版したものを新装再刊。六月、雑誌『文芸文化』の復刻版が雄松堂書店から刊行。十月、『埼玉詩集1971』（発行、埼玉詩話会）を刊行。序文と詩「生と死と……――立原道造を思う」（＊再録）を寄稿。十一月、雑誌『国文学　解釈と鑑賞』（至文堂）が特集「昭和のロマン主義」を編む。十二月、雑誌『日本浪曼派』の復刻版が雄松堂書店から刊行。

・［作品］　詩人論「詩人の生涯――高村光太郎と智恵子」（『文芸広場』　一月）、エッセイ「創造のいとなみ――詩作品の鑑賞をめぐって」（岩沢文雄編・明治図書刊『感動体験を育む詩の授業』所収　二月）、詩「生と死と……――立原道造を思う」（『埼玉詩集　1971』　十月＊再録）、随筆「埼玉への愛」（『文芸埼玉』　十一月）

昭和四十七年（一九七二）六十八歳

日本浪曼派再評価の機運が高まる。
・［作品］　詩「岩とぼく」（『文芸広場』一月）、随筆「浅間早春」（雄松堂書店『日本浪曼派とはなにか』所収　二月＊復刻版『日本浪曼派』の別冊）、随筆「再会の宴——「日本浪曼派」とは」（『サンケイ新聞　夕刊』四月三日）、随筆「青をたずねて——あの日・この日のことども」（『文芸広場』五月）、座談会「国語問題と教育現場」（『文芸広場』十月）

昭和四十八年（一九七三）六十九歳

十一月十一日、埼玉詩話会主催の「講演と詩の夕べ」（会場、埼玉県職員クラブ）で講演。
・［作品］　詩「風景」（『文芸広場』一月）、詩人論「永遠の漂泊者萩原朔太郎——その史的位相について」（三弥井書店『萩原朔太郎研究』所収　五月＊高田瑞穂編）、随筆「岩手の国と人と……」（『文芸広場』八月）、詩「沼畔の思想」（浦和文芸家協会編『会員初期作品集』所収　十二月＊再録、初出は昭和十五年四月）

昭和四十九年（一九七四）七十歳

九月、西武百貨店池袋店において「堀辰雄生誕七十周年記念文学展」が開かれた。図録に解説を書き、新聞に堀との関係の随筆を書く。十月、埼玉詩話会刊行の『埼玉詩集　Ⅳ』に詩を寄稿。十二月、詩誌『無限』所収の座談会「深尾須磨子の詩と運命」に出席し、司会を兼ねる。出席者は新川和江、十返千鶴子、堀内幸枝、中村千尾、戸川エマ、石川宮子。

・［作品］　随筆「永遠の叡智を――息子の結婚に際して」（『文芸広場』　一月）、解説「堀辰雄と『四季』」（『堀辰雄と『四季』　文学展図録』　九月）、随筆「なつかしの人――〈堀辰雄と『四季』〉展に寄せて」（『毎日新聞　夕刊』　九月五日）、座談会「深尾須磨子の詩と運命」（『無限』　十二月）、随筆「ふるさと抒情」（『文芸広場』　十二月）

昭和五十年（一九七五）七十一歳

・［作品］　詩「童話」（『文芸広場』　一月）、随筆「わかものは変らない――現代若者考」（『文芸広場』　七月）、短文「新しい出発を求めて」（『朝日新聞』　七月二十一日＊読書欄〈近況〉）、随筆「わが一九四二年――なつかしのあの人達」（『歴史と人物』　八月＊「特集　八月十五日への道」）、詩「おっとせい」（みずうみ書房刊『詩の中の母と子と父と』所収　八月＊昭和二十二年十二月発表の再録）、随筆「北原白秋との再会――柳川の印象」（『文芸広場』　十二月）

昭和五十一年（一九七六）七十二歳

九月、これまでの主要な詩論を編成し著書『詩の鑑賞と研究』を八千代出版から刊行。

・［作品］　随筆「新しい年をむかえて――混沌の学問をこえて」（『文芸広場』　一月）、随筆「金次郎との語らい」（『文芸広場』　九月）、詩論書『**詩の鑑賞と研究**』（八千代出版　九月）

昭和五十二年（一九七七）七十三歳

一月、日本近代文学会一月例会（於・大妻女子大学）で「神保光太郎氏に聞く」（聞き手、河村政敏）で『詩・現実』『四季』『日本浪曼派』等との関わりについて話す。
・［作品］　詩「再会の星」（『文芸広場』　一月）、座談会「『文芸広場』創刊二十五周年を迎えて」（『文芸広場』　五月）、随筆「埼玉あれこれ――浦和に住んで」（『月刊武州路』　七月）、随筆「少女の声」（『文芸広場』　九月）

昭和五十三年（一九七八）七十四歳

四月二十九日、勲三等瑞宝章を受ける。六月十七日、埼玉詩話会と埼玉文芸懇話会の共催で「神保光太郎を祝う会」を浦和市民会館で挙行。十月、詩研究の会（埼玉県久喜市）が詩誌『現代詩への架橋』第三輯を「特集　神保光太郎」として刊行。執筆者は宮澤章二、槇晧志、武井清、高田欣一、町田多加次、弓削緋紗子、早瀬輝男、小川和佑。十月二十四日、昭和天皇の「秋の園遊会」（於、東京・赤坂御苑）に夫婦で出席。
・［作品］　詩「歩く」（『文芸広場』　一月）、随筆「春を呼ぶ」（『文芸広場』　六月）、短歌「反逆の血」（『現代詩への架橋』　十月＊昭和二年一月の再録）

昭和五十四年（一九七九）七十五歳

一月、『国文学　解釈と鑑賞』一月号のエッセイ「わが回想」で自身の文学的人生を語る。
・［作品］　エッセイ「わが回想」（至文堂『国文学　解釈と鑑賞』　一月）

昭和五十六年（一九八一）七十七歳

十一月十五日、埼玉文芸懇話会の「埼玉詩祭」で講演し、自作の詩「柿の実抒情」「怒涛」を朗読。

平成二年（一九九〇）八十五歳

十月二十四日、浦和の自宅で死去。

平成四年（一九九二）

十二月十八日、埼玉文芸懇話会が浦和市民会館でシンポジウム「神保光太郎をかたる」を開催。パネリストは宮澤章二、加藤克巳、槇晧志、弓削緋紗子、司会は松本鶴雄。

第十二章　研究参考文献

1．単行本一部所収

・亀井勝一郎「ありとあらゆる仮面の剥奪」ナウカ社『転形期の文学』一九三四年九月＊
神保の詩「陳述」を引用しコメントを付す。

・蔵原伸二郎「神保光太郎『幼年』『夏雲童女』」瑞穂出版『現代詩の解説と味《あじは》ひ方』一九四九年六月

・伊藤信吉「解説」創元社『現代日本詩人全集　第十五巻』一九五五年十月

・萩原朔太郎「神保光太郎君の詩」新潮社『萩原朔太郎全集　第五巻』一九六〇年十二月

・村野四郎「解説」角川書店『現代詩人全集　第八巻』一九六〇年十二月

・村野四郎「神保光太郎」筑摩書房『鑑賞現代詩　3』一九六二年五月

・日沼滉治「神保光太郎『花河』」明治書院『読解講座　現代詩の鑑賞3』一九六八年五月

・秋谷豊「神保光太郎」角川書店『現代詩鑑賞講座　第十巻』一九六九年一月
・村野四郎「神保光太郎『秋深く』『雲』『陳述』」中央公論社『日本の詩歌26　近代詩集』一九七〇年四月

2. 雑誌

・角田吉博「〈詩人ノオト〉神保光太郎」『詩・埼玉』第五号＝一九六四年六月
・小高根二郎「神保光太郎『花河』」『国文学』（学燈社）一九六七年五月
・宮澤章二「神保光太郎『獅子のゐる風景』」『現代詩への架橋』第三輯（詩研究の会）一九七八年十月
・槇皓志「二篇選択」＊神保の詩「フブキハサカエ」「春早く」を選ぶ『現代詩への架橋』第三輯　同前
・武井清「古ぼけたリトムス」『現代詩への架橋』第三輯　同前
・高田欣一「神保光太郎氏の詩一篇」＊神保の詩「柿の実抒情」を選ぶ『現代詩への架橋』第三輯　同前
・町田多加次「激流のただなかでうたわれた抒情詩『鳥』『雪崩』」『現代詩への架橋』第三輯　同前

・弓削緋紗子「散歩の途中で」『現代詩への架橋』第三輯　同前
・早瀬輝男「『鳥』『雪崩』の鑑賞」『現代詩への架橋』第三輯　同前
・小川和佑「雑誌『四季』に関する新論考」『現代詩への架橋』第三輯　同前
・竹長吉正編「神保光太郎年譜（附、著作目録）」『現代詩への架橋』第三輯　同前
・伊豆利彦「日本浪曼派と戦争　序章」『国文学　解釈と鑑賞』一九七九年一月
・松本健一「日本浪曼派とファシズム」『国文学　解釈と鑑賞』一九七九年一月
・宮澤章二「神保光太郎私見」『詩学』一九八一年六月
・竹長吉正「〈連載　詩論の螺階〉子どもと詩人第三回　神保光太郎」『風』（風社）第九十三号＝一九八四年十月
・阿毛久芳「〈展望〉大会テーマの後から」『日本文学』第五九九号＝二〇〇三年五月＊『四季』の編集後記をたどりつつ、同人や会員の動向を追跡。神保の編集後記を辿りながら戦時下の神保の姿を浮き彫りにしている。

3. 新聞

・無署名「〈連載　埼玉人国記〉第60回〜第64回　神保光太郎とその周辺」『埼玉新聞』一九六九年十月二十九日、十月三十一日、十一月三日、十一月五日、十一月七日

・竹長吉正「神保光太郎と戦争」『埼玉新聞』一九七五年八月十一日
・竹長吉正「神保光太郎の詩論」『埼玉新聞』一九七六年五月十日
・竹長吉正「〈連載　埼玉の詩人〉第一回　神保光太郎」『埼玉新聞』一九八一年三月三十一日
・竹長吉正「神保光太郎の詩と歴史的証言性」『埼玉新聞』一九八四年八月七日

あとがき

この本は詩人神保光太郎の生涯について詳しく書いた。もうずいぶん昔のことだが、私は娘を連れて神保邸宅へ行った。

その時、奥様もいて私の娘へお菓子をくださった。娘は「今は食べなくて家へ帰ったら食べるよ。」と言った。

光太郎さんは白髪のおじいさんだったが、大きな声で出身地の山形や、大学時代の京都を話して、ワッハッハと笑った。

そして、今住む浦和の風景を彼は話した。別所沼という池があり、公園もあった。その池のまわりを歩き、公園の木々をあおぎ見たという。こうした神保さんの話を聞いて私は神保宅を出た後、娘と共に、池や公園を見た。すばらしい風景だった。

神保光太郎の生涯は戦争もあって大変だったが浦和に住んだことをうれしく思ったようだ。

竹長　吉正

二〇二三年一月

竹長 吉正（たけなが よしまさ）

1946年、福井県生まれ。埼玉大学名誉教授。白鷗大学、埼玉県立衛生短期大学（現、埼玉県立大学）、群馬県立女子大学などでも講義を行った。

日本近代文学、児童文学、国語教育の講義を行い、著書を出版。『日本近代戦争文学史』『文学教育の坩堝』『霜田史光　作品と研究』『ピノッキオ物語の研究 —— 日本における翻訳・戯曲・紙芝居・国語教材等 ——』『石垣りん・吉野弘・茨木のり子　　詩人の世界 ——（附）西川満詩鈔ほか ——』『石井桃子論ほか —— 現代日本児童文学への視点 ——』『石井桃子論ほか 第二 ——現代日本児童文学への視点 ——』『蔵原伸二郎評伝 ——新興芸術派から詩人への道』『中野孝次研究 ——自伝及びドイツ旅、それに日本の古典』『漱石爽快記 ——俳句・小説・人と人とのつながり』など。

三省堂の高等学校国語教科書の編集委員をつとめた。

てらいんくの評論

神保光太郎 —— 詩人の生涯 ——

発行日	2023年11月26日　初版第一刷発行
著　者	竹長吉正
発行者	佐相美佐枝
発行所	株式会社てらいんく
	〒215-0007　神奈川県川崎市麻生区向原3-14-7
	TEL　044-953-1828　　FAX　044-959-1803
	http://www.terrainc.co.jp/
印刷所	モリモト印刷株式会社

ⓒ Yoshimasa Takenaga 2023 Printed in Japan
ISBN978-4-86261-181-9　C0095

定価はカバーに表示してあります。

落丁・乱丁のお取り替えは送料小社負担でいたします。

購入書店名を明記のうえ、直接小社制作部までお送りください。

本書の一部または全部を無断で複写・複製・転載することを禁じます。

シリーズ　てらいんくの評論
竹長吉正　評論集

ピノッキオ物語の研究
日本における翻訳・戯曲・紙芝居・国語教材等

あくたれ少年の破天荒な物語は、どのように日本に登場、定着したのか。

Ａ５判上製／494頁●本体3,800円＋税

蔵原伸二郎評伝
新興芸術派から詩人への道

詩人にして小説家、昭和初期から戦後にかけて文学に人生を捧げた蔵原伸二郎の生涯をたどる。

四六判並製／280頁●本体2,300円＋税

石垣りん・吉野弘・茨木のり子　詩人の世界
（附）西川満詩鈔ほか

昭和の戦後に個性的な詩を書いた三詩人の《魂》の叫び、《心》の叫び！

四六判並製／375頁●本体2,600円＋税

石井桃子論ほか

現代日本児童文学への視点

現代日本の「子どもの文学」をいろどってきた作家、そして作品たちを紹介。

四六判並製／432頁●本体3,200円＋税

石井桃子論ほか 第二

現代日本児童文学への視点

石井桃子、宮沢賢治、金子みすゞ、打木村治など、作家と作品を幅広く紹介。

四六判並製／244頁●本体2,200円＋税

中野孝次研究

自伝及びドイツ旅、それに日本の古典

ドイツ文学者、作家、そして批評家として生きた中野孝次。彼の作品はなぜ心に響くのか。

四六判並製／220頁●本体2,100円＋税

漱石爽快記

俳句・小説・人と人とのつながり

小説、俳句、ファンとの手紙のやりとりなどから浮かび上がる、「人間・漱石」の魅力を探る。

四六判並製／276頁●本体2,300円＋税